창랑지수청혜 가이탁오영
滄浪之水淸兮 可以濯吾纓

창랑지수탁혜 가이탁오족
滄浪之水濁兮 可以濯吾足

창랑의 물이 맑네. 내 갓끈을 씻으면 되겠네.

창랑의 물이 흐리네. 내 발을 씻으면 되겠네.

屈原

에피파니 에쎄 플라네르
Epiphany Essai Flaneur

중국 한시 그림 시집

中國漢詩名作選集

1

이수정(문학박사, 시인) 편역

편역자 일러두기

1. 이 책에는 선진(진대秦代 이전)시대에서 청대에 이르는 중국 한시의 정수를 거의 총망라 해 실었다. 일종의 중국 시가사詩歌史 라 보아도 좋다. 작품은 '좋은 것'과 '유명한 것'을 기준으로 골랐다.

2. 중국다움을 훼손하지 않기 위해 한국, 일본, 베트남의 한시는 배제했다. 그것은 따로 감상하기를 권한다.

3. 이천 수백 년의 작품들이다 보니 너무 방대해 아쉽게 빠진 것들도 많다. 특히 당대唐代 가 그렇다. 이 책을 현관 삼아 더 깊이 들어가 보시기를 권한다.

4. 배치는 대체로 작자의 시대순에 따랐다. 같은 작가의 것은 4언, 5언, 7언의 순으로, 그리고 같은 자수의 것은 길이가 짧은 것에서 긴 것 순으로 배치했다.

5. 학문적 책임성과 검색의 편의성을 위해 원시를 왼쪽 페이지에 함께 실었다. 그리고 한자가 낯선 젊은 세대를 위해 발음을 병기했다. 단, 두음법칙은 배제하고 원음으로 적었다. 번역문에서는 두음법칙을 적용했다(리백→이백).

6. 번역은 최대한 원작의 표현을 살리려 노력했다. 단, 음악성과 취지를 살리기 위해, 그리고 시각적 효과로 글자 수를 맞추기 위해 불가피하게 의역한 곳도 제법 있다.

7. 독자적으로 번역했지만, 기존의 번역들 중 아주 괜찮다고 생각되는 것은 일부 참고하기도 했다.

8. 이 책은 학문적 지식을 위한 교과서가 아니므로 순수한 작품으로서 즐기기를 기대한다.

• 에피파니Epiphany는 '책의 영원성'과 '정신의 불멸성'에 대한 오래된 새로운 믿음을 갖습니다

에피파니 에쎄 플라네르
Epiphany Essai Flaneur

중국 한시 그림 시집

中國漢詩名作選集

1

이수정(문학박사, 시인) 편역

에피파니

모시는 글

한시는 하나의 세계다.

인문학적 세계다.

우리의 감정과 사유가, 교양과 격조가 노니는 세계다.

여기엔 자연이 있고 삶이 있다.

일월성신, 춘하추동, 화조산수, 희로애락…

중국인은 말할 것도 없고

우리의 조상들도 2000년 세월 이 세계를 즐겼다.

일본인, 베트남인들도 즐겼다.

나는 40수년 전 고등학생 때

처음 이 세계를 접했다.

그때의 감동을 기억한다.

도연명, 이백, 두보, 백거이, 소동파…

그들은 거의 신선이었다.

절구, 율시, 배율, 4언, 5언, 7언

형식도 내용도 다 아름다웠다.

가지런한 운율이 특히 좋았다.

그때의 첫 자작시를 아직도 간직하고 있다.

'祕苑^{비 원}'이다.

池邊雅亭閑^{지 변 아 정 한}　　못가에 참한 정자 한가롭고

處處鳥飛亂^{처 처 조 비 란}　　곳곳에 새들 날아 어지럽다

忽現月宮娥^{홀 현 월 궁 아}　　갑자기 달나라 선녀 나타나

嫺然依欄干^{한 연 의 란 간}　　단아히 난간에 몸을 기댄다

지금 우리는 이런 세계를 잊어버린 듯하다.

너무 아깝다.

하여 이 책으로 그 문을 다시 연다.

많은 분들이 여기에 술상을 차렸으면 좋겠다.

대작對酌을 기다리고 있다.

저 기라성 같은 시인들이

중국에서 건너와.

2019년 초봄 이수정

제1권 목차

제2권 목차

先秦 선진

采葛 채갈

『詩經』시경

彼采葛兮　　　　　피채갈혜
一日不見　　　　　일일불견
如三月兮　　　　　여삼월혜

彼采蕭兮　　　　　피채소혜
一日不見　　　　　일일불견
如三秋兮　　　　　여삼추혜

彼采艾兮　　　　　피채애혜
一日不見　　　　　일일불견
如三歲兮　　　　　여삼세혜

칡을 캐네

『시경』

그녀 칡을 캐고 있네.
하루를 못 보면
석 달을 못 본 것 같네.

그녀 대쑥을 뜯고 있네.
하루를 못 보면
삼 년을 못 본 것 같네.

그녀 약쑥을 뜯고 있네.
하루를 못 보면
삼 생을 못 본 것 같네.

關雎 관저

『詩經』시경

關關雎鳩 在河之州　　관관저구 재하지주
窈窕淑女 君子好逑　　요조숙녀 군자호구

參差荇菜 左右流之　　참치행채 좌우류지
窈窕淑女 寤寐求之　　요조숙녀 오매구지

求之不得 寤寐思服　　구지부득 오매사복
悠哉悠哉 輾轉反側　　유재유재 전전반측

參差荇菜 左右採之　　참치행채 좌우채지
窈窕淑女 琴瑟友之　　요조숙녀 금슬우지

參差荇菜 左右芼之　　참치행채 좌우모지
窈窕淑女 鐘鼓樂之　　요조숙녀 종고락지

꽌꽌 우는 물수리새

『시경』

꽌꽌 우는 물수리는 냇물 모래톱에 있네.
곱고 참한 아가씨는 군자의 좋은 짝이라네.

들쭉날쭉 마름풀이 물살 따라 흘러가네.
곱고 참한 아가씨를 자나 깨나 구해보네.

구하지만 얻지 못해 자나 깨나 생각하네.
그리워라 그리워라 이리저리 뒤척이네.

들쭉날쭉 마름풀을 여기저기 뜯어보네.
곱고 참한 아가씨와 금슬처럼 벗이 되리.

들쭉날쭉 마름풀을 여기저기 뽑아보네.
곱고 참한 아가씨와 종고*처럼 즐겨보리.

* 종과 북

何草不黃 하초불황

『詩經』 시경

何草不黃 何日不行　　하초불황 하일불행
何人不將 經營四方　　하인부장 경영사방

何草不玄 何人不矜　　하초불현 하인불긍
哀我征夫 獨為匪民　　애아정부 독위비민

匪兕匪虎 率彼曠野　　비시비호 솔피광야
哀我征夫 朝夕不暇　　애아정부 조석불가

有芃者狐 率彼幽草　　유봉자호 솔피유초
有棧之車 行彼周道　　유잔지차 행피주도

어느 풀이 시들지 않는가?

『시경』

어느 풀이 시들지 않는가? 어느 날이 가지 않는가?
어느 누가 나서지 않는가? 천하 사방 경영해보세.

어느 풀이 마르지 않는가? 어느 누가 긍지 없는가?
애달픈 우리 출정자, 우리만 사람 구실 못 하네.

외뿔소도 호랑이도 아닌데 저 너른 들판 쫓아다니네.
애달픈 우리 출정자, 아침저녁 쉴 틈이 없네.

꼬리 달린 여우는 저 무성한 풀밭 쫓아다니고 있고
발판 달린 수레는 저 널찍한 길을 달리고 있는데.

松鶴延年圖
谷虛

竹下仕女圖
清琦

隰桑 습상

『詩經』 시경

隰桑有阿 其葉有難　　習상유아 기엽유나

既見君子 其樂如何　　기견군자 기락여하

隰桑有阿 其葉有沃　　습상유아 기엽유옥

既見君子 云何不樂　　기견군자 운하불락

隰桑有阿 其葉有幽　　습상유아 기엽유유

既見君子 德音孔膠　　기견군자 덕음공교

心乎愛矣 遐不謂矣　　심호애의 하불위의

中心藏之 何日忘之　　중심장지 하일망지

물가의 뽕나무

『시경』

물가에 뽕나무 있어 그 잎새 무성하네.
드디어 님 보았으니 그 즐거움 어떻겠나?
물가에 뽕나무 있어 그 잎새 윤기나네.
드디어 님 보았으니 왜 즐겁지 않겠는가?
물가에 뽕나무 있어 그 잎새 우거졌네.
드디어 님 보았더니 좋은 말씀 굳고도 굳네.
마음 다해 사랑하는데 어찌 말하지 않으리?
마음속에 품고 있는데 어느 날인들 잊으리?

離騷 리소

屈原 굴원

[…]

靈氛既告余以吉占兮	령분기고여이길점혜
歷吉日乎吾將行	력길일호오장행
折瓊枝以為羞兮	절경지이위수혜
精瓊爢以為粻	정경미이위장
為余駕飛龍兮	위여가비룡혜
雜瑤象以為車	잡요상이위차
何離心之可同兮	하리심지가동혜
吾將遠逝以自疏	오장원서이자소
邅吾道夫崑崙兮	전오도부곤륜혜
路脩遠以周流	로수원이주류
揚雲霓之晻藹兮	양운예지엄애혜
鳴玉鸞之啾啾	명옥란지추추

떠남의 속 시끄러움

굴원[*]

[…]

영분이 이미 나에게 길한 점괘를 알려주었으니
좋은 날을 가려서 나는 떠나려 한다.
옥가지를 꺾어 그것으로 반찬 삼고
옥가루를 빻아 그것으로 양식 삼으리라.
나를 위해 비룡을 마부 삼고
옥과 상아를 섞어 수레를 만들어본다.
어찌 떠나는 마음이 같을 수 있으리
나는 멀리 떠나 스스로 소원하리라.
내 길을 머뭇거리니 곤륜산이라
길은 아득하고 멀어 두루 돌아 흐른다.
구름과 무지개 떠서 부드럽고 화사하며
옥란은 찌우찌우 울어댄다.

[*] 초楚나라의 시인이다.

朝發軔於天津兮　　조발인어천진혜

夕余至乎西極　　　석여지호서극

鳳皇翼其承旂兮　　봉황익기승기혜

高翶翔之翼翼　　　고고상지익익

忽吾行此流沙兮　　홀오행차류사혜

遵赤水而容與　　　준적수이용여

麾蛟龍使梁津兮　　휘교룡사량진혜

詔西皇使涉予　　　조서황사섭여

路脩遠以多艱兮　　로수원이다간혜

騰眾車使徑待　　　등중차사경대

路不周以左轉兮　　로부주이좌전혜

指西海以為期　　　지서해이위기

屯余車其千乘兮　　준여차기천승혜

齊玉軑而並馳　　　제옥대이병치

駕八龍之婉婉兮　　가팔룡지완완혜

載雲旗之委蛇　　　재운기지위사

아침에 은하수 나루를 떠나

저녁에 서쪽 끝에 이른다.

봉황은 공손히 깃발을 받들고

높이 나는 게 조심스럽다.

홀연히 나는 이 흐르는 모래를 걸어

붉은 물 따르지만 느긋하고 기껍다.

교룡을 부려 나루에 다리 놓고

서황을 시켜 나를 건너게 한다.

길은 아득하고 멀어 어려움이 많아

수레들 내달려 지름길에서 기다리게 한다.

부주산 길을 왼쪽으로 돌아

서해를 가리키며 기약을 한다.

무리 지은 내 수레는 천 대나 되어

옥 바퀴 가지런히 해 나란히 내달린다.

몰아가는 여덟 용 너무나 아름답고

구름 두른 깃발은 뱀처럼 꿈틀꿈틀.

抑志而弭節兮　　　억지이미절혜

神高馳之邈邈　　　신고치지막막

奏九歌而舞韶兮　　주구가이무소혜

聊假日以媮樂　　　료가일이유락

陟陞皇之赫戲兮　　척승황지혁희혜

忽臨睨夫舊鄉　　　홀림예부구향

僕夫悲余馬懷兮　　복부비여마회혜

蜷局顧而不行　　　권국고이불행

[…]

마음을 누르고 걸음을 늦추어도
넋은 높이 날아 아득하게 달린다.
'구가'를 연주하고 '소'음악에 춤추며
잠시 날을 빌려 즐거움을 누려본다.
하늘에 높이 올라 휘황한데
갑자기 옛 고향이 얼핏 내려다보인다.
종도 슬퍼하고 내 말도 그리워해
몸 굽혀 돌아보며 나아가지 못한다.

[⋯]

嵩獻英芝圖
郎世寧

歲朝圖
張爲邦

滄浪歌 창랑가

屈原 굴원

滄浪之水清兮 可以濯吾纓　창랑지수청혜 가이탁오영

滄浪之水濁兮 可以濯吾足　창랑지수탁혜 가이탁오족

창랑의 노래*

굴원

창랑의 물이 맑네. 내 갓끈을 씻으면 되겠네.
창랑의 물이 흐리네. 내 발을 씻으면 되겠네.

* 〈어부사漁父辭〉에 나오는 어부의 노래이다.

少司命 소사명

屈原 굴원

[…]

秋蘭兮青青	추란혜청청
綠葉兮紫莖	록엽혜자경
滿堂兮美人	만당혜미인
忽獨與余兮目成	홀독여여혜목성
入不言兮出不辭	입불언혜출불사
乘回風兮載雲旗	승회풍혜재운기
悲莫悲兮生離別	비막비혜생리별
樂莫樂兮新相知	락막락혜신상지

소사명*

굴원

[…]

가을 난초 파릇파릇한데,

녹색 잎에 자줏빛 줄기일세.

집안 가득 미인들인데,

문득 한 사람 나와 눈이 맞았네.

들어올 적에도 말 없고 나갈 적에도 말 없어,

회오리바람 타고 구름 걸친 깃발 꽂아 놓네.

슬픔은 생이별보다 더한 슬픔이 없고,

즐거움은 새로 사귀는 것보다 더한 즐거움이 없다네.

---

* 『초사楚辭』 중 〈구가九歌〉의 한 대목. 소사명은 '대사명大司命'과 더불어
  두 원신의 하나이다.

秦 ^진

大風歌 대풍가

劉邦[*] 류방

大風起兮雲飛揚   대풍기혜운비양
威加海內兮歸故鄉   위가해내혜귀고향
安得猛士兮守四方   안득맹사혜수사방

대풍가

큰 바람이 일어 구름이 날아오르는도다.

위엄을 온 천하에 떨쳐 고향에 돌아오니

어찌 용맹한 자를 얻어 사방을 지켜갈꼬.

[*] 한漢의 시조이나 진秦대 말에 태어나 성장하였고 건국전의 노래라 진대에 배치했다.

垓下歌 해하가

項羽* 항우

力拔山兮氣蓋世　　력발산혜기개세

時不利兮騅不逝　　시불리혜추불서

騅不逝兮可奈何　　추불서혜가내하

虞兮虞兮奈若何　　우혜우혜내약하

---

*　항적項籍, 초패왕楚霸王으로 불린다.

해하가

항우[*]

힘은 산을 뽑고 기운은 세상을 덮네.
때가 불리해 명마 추도 달리질 않네.
추가 아니 달리니 어쩌면 좋은가.
우여 우여 그대는 또 어쩌면 좋은가.

---

[*] 초패왕楚覇王으로 알려져 있으나 역시 진대 말에 태어나 성장하였고 한
왕조 건국전의 노래라 진대에 배치했다.

虞美人歌 우미인가

虞美人 우미인

漢兵已略地　　　　　한병이략지

四方楚歌聲　　　　　사방초가성

大王意氣盡　　　　　대왕의기진

賤妾何聊生　　　　　천첩하료생

우미인가

우미인[*]

한군이 이미 땅을 공략해
사방엔 온통 초나라 노랫소리
대왕의 의기도 이제 다하시니
천첩 무슨 재미로 사리오.

[*] 항우項羽의 애인이며 위의 시에 대한 답가. 제목은 후대의 속칭이다.

元吳鎮畫山水

三秦民謠 삼진민요

武功太白　　　무공태백

去天三百　　　거천삼백

孤雲兩角　　　고운량각

去天一握　　　거천일악

山水險阻　　　산수험조

黃金子午　　　황금자오

蛇盤鳥櫳　　　사반조롱

勢與天通　　　세여천통

삼진민요

무명씨

무공현의 태백산

하늘까지 삼백 자

외로운 구름 감돌고

하늘까지 한줌 거리

산과 물은 험하지만

황금 같은 자오계곡

뱀 소반 같고 새장 같고

기세는 하늘과 통할 듯

漢^한

誡子詩 계자시

東方朔 동방삭

明者處世	명자처세
莫尚於中	막상어중
優哉游哉	우재유재
與道相從	여도상종
首陽為拙	수양위졸
柳惠為工	류혜위공
飽食安步	포식안보
以仕代農	이사대농
依隱玩世	의은완세
詭時不逢	궤시불봉
才盡身危	재진신위
好名得華	호명득화
有群累生	유군루생
孤貴失和	고귀실화
遺餘不匱	유여불궤
自盡無多	자진무다

아들을 훈계하는 시

동방삭

현명한 자 처세함에

중도 이상 없느니라.

부드럽게 유연하게

도와 함께 상종해라.

백이숙제는 못한다 치고

류혜는 잘한다 쳐라.

배불리 먹고 편안히 걸으며

농사 대신 벼슬해라.

기대거나 숨어서 세상을 완미하고

괴이한 시세에는 영합하지 말거라.

재주를 다하면 자신이 위태롭고

이름을 좋아하면 영화를 얻느니라.

패거리를 지으면 삶에 누가 되고

혼자서 고고하면 조화를 잃느니라.

여유를 남기면 다하지 아니하고

스스로 소진하면 많음이 없느니라.

聖人之道　　　　　성인지도
一龍一蛇　　　　　일룡일사
形見神藏　　　　　형견신장
與物變化　　　　　여물변화
隨時之宜　　　　　수시지의
無有常家　　　　　무유상가

성인의 도란 것은

한번은 용과 같고 한번은 뱀과 같다.

신령의 영역에서 모습을 드러내고

사물과 더불어서 변화를 꾀하거라.

시의를 잘 따라서

한 유파에만 머무는 일 없도록 해라.

明文徵明倣趙伯驌後赤壁圖

與蘇武詩 여소무시

李陵 리릉

其一

良時不再至	량시부재지
離別在須臾	리별재수유
屏營衢路側	병영구로측
執手野躑躅	집수야척주
仰視浮雲馳	앙시부운치
奄忽互相踰	엄홀호상유
風波一失所	풍파일실소
各在天一隅	각재천일우
長當從此別	장당종차별
且復立斯須	차부립사수
欲因晨風發	욕인신풍발
送子以賤軀	송자이천구

소무에게 주는 시

이릉

1

좋은 시절은 다시 오지 않았는데
이별은 순식간에 다가왔네.
갈림길 길가에서 배회하다가
손을 잡고 들판에서 머뭇거리네.
뜬구름 내닫는 걸 쳐다보는데
어느새 우리 위를 지나버리네.
풍파에 한번 몸 둘 곳을 잃어
각기 하늘 한쪽 구석에 있게 되었네.
마땅히 이제부터 헤어짐에 이르니
또다시 잠깐 서게 되는데
새벽바람 불어서 떠나려 하니
비천한 몸으로 그대를 보내네.

其二

嘉會難再遇	가회난재우
三載爲千秋	삼재위천추
臨河濯長纓	림하탁장영
念子悵悠悠	념자창유유
遠望悲風至	원망비풍지
對酒不能酬	대주불능수
行人懷往路	행인회왕로
何以慰我愁	하이위아수
獨有盈觴酒	독유영상주
與子結綢繆	여자결주무

其三

携手上河梁	휴수상하량
游子暮何之	유자모하지
徘徊蹊路側	배회혜로측

2

아름다운 만남은 다시 얻기 어렵고
헤어지면 3년이 천 년 같으리.
강물에 가서 긴 갓끈을 씻고 있자니
그대가 생각나서 서글프기 그지없네.
멀리서 바라보니 슬픈 바람 불어오고
술을 앞에 둬도 권할 수가 없네그려.
갈 사람은 갈 길을 생각해야겠지만
내 시름은 무엇으로 위로해야겠는가.
다만 잔 가득한 술이 여기에 있으니
그대와 함께 굳은 우의를 맺어야겠네.

3

손 잡고 강물 위 다리에 올라가니
나그네는 해질녘에 어디로 가는가.
좁은 길가를 왔다 갔다 하면서

恨恨不得辭	량량부득사
行人難久留	행인난구류
各言長相思	각언장상사
安知非日月	안지비일월
弦望自有時	현망자유시
努力崇明德	노력숭명덕
皓首以爲期	호수이위기

슬프고 서러워서 떠날 수 없네그려.
갈 사람은 오래 머물기 어려우니
각기 오래 잊지 말자고 다짐을 하세.
해와 달 아니지만 어찌 모르겠는가
그믐도 보름도 스스로 때가 있음을.
노력하여 밝은 덕을 드높이면서
백발이 되어도 꼭 만나길 기약하세.

牡丹家易近俗殆難下筆如近岳工徒逞紅抹綠雖千花萬藥總一形勢

都無神明惟北宋徐熙父子趙昌王友之倫創意既新變態斯備其賦色

極妍氣韵稚厚蓋皆不守陳規全師造化故稱傳神觀南田此本妍

精沒骨浮其變態真可上追北宋諸賢不僅凌跨有明陳陸數子已

也壬子十月既望劍門王翬書

王翬 花卉山水合冊
揮壽平

佳人歌 가인가

李延年 리연년

北方有佳人	북방유가인
絶世而獨立	절세이독립
一顧傾人城	일고경인성
再顧傾人國	재고경인국
寧不知傾城與傾國	녕부지경성여경국
佳人難再得	가인난재득

가인가

이연년

북방에 가인이 있는데
세상에 다시없고 홀로 우뚝 섰네.
한 번 돌아보면 한 성을 기울이고
두 번 돌아보면 한 나라 기울이네.
어찌 모르는가 성과 나라도 기울일 미인을
가인은 다시 얻기 어렵건만.

上邪 상야

「樂府」* 악부

上邪　　　　　　　　　　상야

我欲與君相知 長命無絶衰　아욕여군상지 장명무절쇠

山無陵 江水爲渴　　　　산무릉 강수위갈

冬雷震震 夏雨雪 天地合　동뢰진진 하우설 천지합

乃敢與君絶　　　　　　　내감여군절

---

* 악부시樂府詩로도 불린다.

하늘이시여

「악부」

하늘이시여!

나 님과 서로 사랑하여, 오래도록 끊임없기를 바라나이다.

산 다 닳아버리고, 강물 메말라붙고,

겨울에 천둥 치고, 여름에 눈 내리고, 천지가 합쳐진대도,

어찌 감히 님과 떨어지리이까!

薤上露 해상로

「樂府」악부

薤上露 何易晞　　　해상로 하이희

露晞明朝更復落　　로희명조갱부락

人死一去何時歸　　인사일거하시귀

부추 잎의 이슬

「악부」

부추 잎 위의 이슬, 얼마나 쉽게 마르나?
이슬은 말라도 내일 아침에 또 내리지만
사람은 죽어 한번 가면 언제나 돌아오나?

墨葡萄圖
徐渭

元北之物皆……裏祖荅……東頭綠
……愛春池……得人不識……來黃
甲榜傳……

黃甲圖
徐渭

迢迢牽牛星 초초견우성

「樂府」악부

迢迢牽牛星	초초견우성
皎皎河漢女	교교하한녀
纖纖擢素手	섬섬탁소수
札札弄機杼	찰찰롱기저
終日不成章	종일불성장
泣涕零如雨	읍체령여우
河漢清且淺	하한청차천
相去復幾許	상거부기허
盈盈一水間	영영일수간
脈脈不得語	맥맥부득어

아득하네 견우별

「악부」

가물가물 견우별
반짝반짝 직녀별.
가녀리고 새하얀 두 손을 뻗어
잘각잘각 베틀북을 솜씨 있게 다루지만
종일토록 한 폭도 짜지 못하고
눈물만이 비 오듯 흘러내리네.
은하수는 맑고도 야트막하나
서로간의 거리는 그 얼마인가.
찰랑찰랑 강물 하나 사이에 두고
하염없이 바라보며 말도 못 건네 보네.

木蘭辭 목란사

「樂府」악부

唧唧復唧唧	즐즐부즐즐
木蘭當戶織	목란당호직
不聞機杼聲	불문기저성
唯聞女嘆息	유문녀탄식
問女何所思	문녀하소사
問女何所憶	문녀하소억
女亦無所思	녀역무소사
女亦無所憶	녀역무소억
昨夜見軍帖	작야견군첩
可汗大點兵	가한대점병
軍書十二卷	군서십이권
卷卷有爺名	권권유야명
阿爺無大兒	아야무대아
木蘭無長兄	목란무장형

물란* 이야기

「악부」

절걱절걱 또 절걱절걱

물란이 방에서 베를 짜고 있네.

베틀북 소리 들리지 않고,

들리는 건 딸의 한숨 소리 뿐.

무얼 생각하는지 딸에게 묻네

무얼 추억하는지 딸에게 묻네.

"저에게는 사모하는 사람도 없고

저에게는 추억하는 사람도 없습니다.

어젯밤 군첩을 보았사온데

나라님이 군사를 모은답니다.

군첩이 모두 열두 권인데

권마다 아버지의 이름이 있었습니다.

아버지껜 장성한 아들이 없고

물란에겐 큰 오라비가 없으니

*   디즈니 애니메이션을 통해 '뮬란'이라는 이름으로 널리 알려졌다.

願爲市鞍馬	원위시안마
從此替爺征	종차체야정
東市買駿馬	동시매준마
西市買鞍韉	서시매안천
南市買轡頭	남시매비두
北市買長鞭	북시매장편
旦辭爺娘去	단사야랑거
暮宿黃河邊	모숙황하변
不聞爺娘喚女聲	불문야랑환녀성
但聞黃河流水鳴濺濺	단문황하류수명천천
旦辭黃河去	단사황하거
暮宿黑山頭	모숙흑산두
不聞爺娘喚女聲	불문야랑환녀성
但聞燕山胡騎鳴啾啾	단문연산호기명추추
萬里赴戎機	만리부융기
關山度若飛	관산도약비

시장에 가 안장과 말을 사서

이제부터 아버지 대신 전쟁에 나가려고요."

동쪽 시장에서 준마를 사고

서쪽 시장에서 안장을 사고

남쪽 시장에서 고삐를 사고

북쪽 시장에서 채찍을 사네.

아침에 아버지께 하직 인사 올리고

저녁에 황하강에 묵게 되었네.

아버지가 딸 부르는 소리 들리지 않고

단지 들리는 건 철철 황하 흐르는 물소리.

아침에 황하를 떠나

저물어 흑산 머리에 묵네.

아버지가 딸 부르는 소리 들리지 않고

단지 들리는 건 척척 연산 오랑캐 말발굽 소리.

만 리 길 변방 전쟁터를 향하여

나는 듯이 관산을 넘어갔네.

朔氣傳金柝	삭기전금탁
寒光照鐵衣	한광조철의
將軍百戰死	장군백전사
壯士十年歸	장사십년귀
歸來見天子	귀래견천자
天子坐明堂	천자좌명당
策勳十二轉	책훈십이전
賞賜百千强	상사백천강
可汗問所欲	가한문소욕
木蘭不用尚書郎	목란불용상서랑
願借明駝千里足	원차명타천리족
送兒還故鄉	송아환고향
爺娘聞女來	야랑문녀래
出郭相扶將	출곽상부장
阿姊聞妹來	아자문매래
當戶理紅粧	당호리홍장

삭풍에 징과 딱따기 소리 울려 퍼지고
차가운 달빛은 철 갑옷을 비추네.
장군도 수많은 전투 끝에 전사를 하고
장사도 십 년이 지나서야 귀향을 하네.
돌아와 천자를 배알하는데
천자는 명당에 좌정하시어
하나하나 열두 가지 전공을 기리며
백 가지 천 가지 크게 상을 내리네.
천자가 바라는 게 무어냐 하문하시니
"물란은 높은 벼슬 다 필요없고
바라건대 천 리 내달릴 말을 내리시어
저를 고향으로 보내주시옵소서."
아버지는 딸이 온단 소식을 듣고
성 밖까지 마중하러 나가려 하고
언니는 동생이 온단 소식을 듣고
방에서 새로 곱게 단장을 하네.

小弟聞姊來　　　　소제문자래

磨刀霍霍向猪羊　　마도곽곽향저양

開我東閣門　　　　개아동각문

坐我西閣床　　　　좌아서각상

脱我戰時袍　　　　탈아전시포

著我舊時裳　　　　착아구시상

當窓理雲鬢　　　　당창리운빈

對鏡帖花黃　　　　대경첩화황

出門看伙伴　　　　출문간화반

伙伴皆驚惶　　　　화반개경황

同行十二年　　　　동행십이년

不知木蘭是女郎　　부지목란시녀랑

雄兔脚撲朔　　　　웅토각박삭

雌兔眼迷離　　　　자토안미리

雙兔傍地走　　　　쌍토방지주

安能辨我是雄雌　　안능변아시웅자

남동생은 누나가 온단 소식을 듣고
칼 갈아 재빠르게 돼지와 양을 잡네.
동쪽 채에 있는 문도 내게 열어주고
서쪽 채에 있는 침상에도 날 앉혀주고
싸울 때 내가 입던 전투복도 벗겨주고
예전에 내가 입던 치마도 입혀주네.
창가에서 머리도 손질하고서
거울 보며 화장도 곱게 한 후에
문을 나서 함께 싸운 전우들 보니
전우들 모두 다 크게 놀라서
십이 년을 같이 다녔었지만
물란이 여자인 줄은 정말 몰랐네.
수토끼도 다리가 느릴 때 있고
암토끼도 눈이 어릿할 때 있으니
쌍 토끼가 곁에서 같이 뛰어다닐 때
어찌 내가 수놈이다 암놈이다 가릴 수가 있으랴.

大梅诗意图
任熊

東漢〈古詩十九首〉 동한 고시십구수

無名氏 무명씨

其一　行行重行行　　행행중행행

行行重行行	행행중행행
與君生別離	여군생별리
相去萬餘里	상거만여리
各在天一涯	각재천일애
道路阻且長	도로조차장
會面安可知	회면안가지
胡馬依北風	호마의북풍
越鳥巢南枝	월조소남지
相去日已遠	상거일이원
衣帶日已緩	의대일이완
浮雲蔽白日	부운폐백일
遊子不顧返	유자불고반
思君令人老	사군령인로
歲月忽已晚	세월홀이만

동한 〈옛시 열아홉 수〉

무명씨

제1수   가고 가고 또 가고 가고

가고 가고 또 가고 가고
님과 생이별하였네.
서로 만여 리를 떨어졌으니
각기 하늘 끝 한쪽에 있네.
길은 험하고 또 긴데
만남을 어찌 아리요?
오랑캐 말은 북풍에 의지하고
월나라 새는 남쪽 나무에 둥지를 트네.
서로 떨어져 날은 바로 멀어져가고
옷 띠는 날로 바로 느슨해지네.
뜬구름은 밝은 해를 가리고
떠도는 이는 되돌아보지를 않네.
님 생각에 나는 늙어만 가고,
세월은 어느덧 벌써 저물어 가네.

棄捐勿復道　　　기연물부도
努力加餐飯　　　노력가찬반

其二　青青河畔草　　청청하반초

青青河畔草　　　청청하반초
鬱鬱園中柳　　　울울원중류
盈盈樓上女　　　영영루상녀
皎皎當窓牖　　　교교당창유
娥娥紅粉妝　　　아아홍분장
纖纖出素手　　　섬섬출소수
昔爲倡家女　　　석위창가녀
今爲蕩子婦　　　금위탕자부
蕩子行不歸　　　탕자행불귀
空床難獨守　　　공상난독수

버림받았음을 다시 말하지 않을 테니까,
식사에 힘쓰시어 부디 건강하소서!

제2수　푸르르고 푸르른 시냇가의 풀

푸르르고 푸르른 시냇가의 풀
울창하고 울창한 동산 속 버드나무.
어여쁘고 어여쁜 누각 위의 여인
깨끗하고 깨끗이 창문을 마주하고
아름답고 예쁘게 홍분으로 꾸미고
가냘프고 가냘픈 흰 손을 내어놓네.
옛날엔 기루의 여인이 되었었고
지금은 탕자의 아내가 되었도다.
탕자가 가버리고 돌아오지 않으니
빈 평상 홀로 지키기 쉽지가 않네.

[…]

其六　涉江採芙蓉　　　섭강채부용

涉江採芙蓉　　　섭강채부용

蘭澤多芳草　　　란택다방초

採之欲遺誰　　　채지욕유수

所思在遠道　　　소사재원도

還顧望舊鄉　　　환고망구향

長路漫浩浩　　　장로만호호

同心而離居　　　동심이리거

憂傷以終老　　　우상이종로

[…]

084

[…]

제6수　강을 건너 연꽃을 따려는데

강을 건너 연꽃을 따려는데
연못엔 방초가 많기도 하네.
따다가 누구한테 주려는가?
그리운 님은 먼 곳에 계시는데
고개 돌려 고향 쪽 바라다보니
멀고도 먼 길 아득도 하네.
같은 마음인데 떨어져 지내니
아픈 시름으로 끝내 늙어가네.

[…]

其九　庭中有奇樹　　　정중유기수

庭中有奇樹　　　정중유기수
綠葉發華滋　　　록엽발화자
攀條折其榮　　　반조절기영
將以遺所思　　　장이유소사
馨香盈懷袖　　　형향영회수
路遠莫致之　　　로원막치지
此物何足貴　　　차물하족귀
但感別經時　　　단감별경시

[…]

제9수　정원 속에 특이한 나무가 있어

정원 속에 특이한 나무가 있어
푸른 잎에 꽃이 피어 우거져 있네.
가지를 당겨 그 꽃을 꺾으니
이것으로 그리운 님에게 보내려하네.
향기는 옷소매에 가득 품어 있으나
길이 멀어 그분에게 이르지 못하네.
이 물건이 어찌 족히 귀할까.
그저 헤어져 보낸 세월 느낄 뿐이네.

[…]

清錢維城畫江村秋霽

魏吳蜀三國 위오촉삼국

龜雖壽 구수수

曹操[*] 조조

神龜雖壽	신구수수
猶有竟時	유유경시
騰蛇乘霧	등사승무
終爲土灰	종위토회
老驥伏櫪	로기복력
志在千里	지재천리
烈士暮年	렬사모년
壯心不已	장심불이
盈縮之期	영축지기
不但在天	부단재천
養怡之福	양이지복
可得永年	가득영년
幸甚至哉	행심지재
歌以詠志	가이영지

[*] 위무제魏武帝의 본명이다. 자字는 맹덕孟德이다.

거북이 비록 오래 살아도

조조

신성한 거북이 비록 오래 살아도
그래도 끝내는 죽을 때가 있으며
이무기 안개 타고 난다 할지라도
마침내 되는 것은 흙이고 재라네.
늙은 준마는 마판 위에 엎드려도
그 뜻은 천 리 저 먼 곳에 있다네.
영웅은 늙어서 저물 때 되더라도
장대한 그 마음 언제나 그대로네.
채워지고 줄어드는 그 때란 것은
하늘의 뜻에만 있는 것이 아니네.
기쁨을 키워가는 그 복이란 것이
가히 영원함을 얻게 하는 거라네.
아 지극하도다 크나큰 행복이여
노래로 그 뜻을 읊어서 불러보네.

觀滄海 관창해

曹操 조조

東臨碣石 以觀滄海	동림갈석 이관창해
水何澹澹 山島竦峙	수하담담 산도송치
樹木叢生 百草豐茂	수목총생 백초풍무
秋風蕭瑟 洪波湧起	추풍소슬 홍파용기
日月之行 若出其中	일월지행 약출기중
星漢燦爛 若出其里	성한찬란 약출기리
幸甚至哉 歌以詠志	행심지재 가이영지

푸른 바다를 바라보며

조조[*]

동쪽의 갈석산에서 푸른 바다 바라보니
바닷물은 출렁이고 산과 섬이 우뚝하네.
수목들은 울창하고 온갖 풀이 무성하며
가을바람 쓸쓸한데 큰 파도가 솟구치네.
일월의 번갈음이 그 안에서 나오는 듯
은하의 찬란함도 그 속에서 나오는 듯
지극한 행복이여 그 뜻 읊어 노래하네.

[*] 혹은 도옹陶翁의 작이라고도 한다.

關羽擒將圖
商喜

短歌行[*] 단가행

曹操 조조

其一

對酒當歌	대주당가
人生幾何	인생기하
譬如朝露	비여조로
去日苦多	거일고다
慨當以慷	개당이강
憂思難忘	우사난망
何以解憂	하이해우
唯有杜康	유유두강
靑靑子衿	청청자금
悠悠我心	유유아심
但爲君故	단위군고
沉吟至今	침음지금
呦呦鹿鳴	유유록명

---

* 행行은 시詩, 가歌, 사辭, 사詞, 부賦, 곡曲 등과 함께 한시의 한 형식이다.

짧은 노래

조조

1

술을 대하면 마땅히 노래지,
인생이란 게 그 얼마던가.
비하자면 아침 이슬 같고
지난날 괴로움은 많기도 했네.
아무리 슬퍼하고 탄식해봐도
근심 걱정은 잊기가 어려우니
무엇으로 근심을 해소하랴
오로지 두강주가 있을 뿐이네.
푸르른 선생의 그 옷자락
내 마음에 아련히 그리웁고
다만 그대가 있은 덕분에
차분히 노래하며 지금에 이르렀네.
우우 소리 내며 사슴은 울고

食野之苹　　　　식야지평

我有嘉賓　　　　아유가빈

鼓瑟吹笙　　　　고슬취생

明明如月　　　　명명여월

何時可掇　　　　하시가철

憂從中來　　　　우종중래

不可斷絶　　　　불가단절

越陌度阡　　　　월맥도천

枉用相存　　　　왕용상존

契闊談讌　　　　계활담연

心念舊恩　　　　심념구은

月明星稀　　　　월명성희

烏鵲南飛　　　　오작남비

繞樹三匝　　　　요수삼잡

何枝可依　　　　하지가의

山不厭高　　　　산불염고

들판의 우거진 풀 뜯어 먹네.
나에겐 훌륭한 손님이 있어
비파도 뜯고 생황도 부나니
환하기가 달 같은 그를
언제면 주워 담을 수 있으려는지.
근심은 가슴속에서 생겨나와
아무리 해도 끊어낼 수가 없네.
이런 길 저런 길 넘고 건너
부질없이 애쓰고 살아오면서
담소도 잔치도 오래 못했으나
마음은 옛정을 생각한다네.
달은 밝고 별은 드문데
까막까치는 남으로 날아가네.
나무를 빙 둘러 세 번 돌지만
의지할 데는 어느 가지인가.
산은 높이를 마다하지 않고

海不厭深   해불염심

周公吐哺   주공토포

天下歸心   천하귀심

[…]

바다는 깊이를 마다하지 않나니

주공은 먹기보다 인재를 중시해서

천하가 마음을 내어주었네.

[…]

.

髀肉之歎 비육지탄

劉備[*] 류비

吾常身不離鞍	오상신불리안
髀肉皆消	비육개소
今不復騎	금불부기
髀裡肉生	비리육생
日月若馳	일월약치
老將至矣	로장지의
而功業不建	이공업불건
是以悲耳	시이비이

[*] 소열제昭烈帝로도 불린다. 자字는 현덕玄德이다.

넓적다리 살의 탄식

유비

나 항상 몸에서 안장을 떼지 않았더니
넓적다리 살이 모두 사라졌었네.
지금 다시 말을 타지 않으니
넓적다리에 살이 생겼네.
세월은 내달리는 것 같아
늙음이 장차 이를 것이네.
그런데도 공업을 세우지 못했으니
이것이 슬플 따름이라네.

三教圖
丁雲鵬

雪夜訪普圖
劉俊

七哀詩 칠애시

王粲 왕찬

其一

西京亂無象	서경란무상
豺虎方遘患	시호방구환
復棄中國去	부기중국거
遠身適荊蠻	원신적형만
親戚對我悲	친척대아비
朋友相追攀	붕우상추반
出門無所見	출문무소견
白骨蔽平原	백골폐평원
路有飢婦人	로유기부인
抱子棄草間	포자기초간
顧聞號泣聲	고문호읍성
揮涕獨不還	휘체독불환
未知身死處	미지신사처
何能兩相完	하능량상완
驅馬棄之去	구마기지거

칠애시

왕찬

1

서경은 어지러워 말이 아니니
이리 호랑이 같은 자들 환난을 일으키네.
다시 중국 땅 버리고 떠나
멀리 이 몸 남만의 땅으로 가게 되었네.
친척들 나를 마주 보며 슬퍼하고
친구들 뒤쫓아오며 나를 붙잡네.
문을 나서니 보이는 건 없고
백골만이 평원을 뒤덮고 있네.
길에는 굶주린 아낙이 있는데
안고 있던 아기를 풀밭에다 버리네.
돌아보니 울부짖는 소리 들려오건만
눈물 뿌리며 돌아오지 않고 홀로 떠나네.
"이 몸도 어디서 죽을지 모르는 터에
어찌 둘이 다 온전할 수 있겠습니까?"
말 달려 이들을 버리고 떠나가니

不忍聽此言	불인청차언
南登霸陵岸	남등패릉안
回首望長安	회수망장안
悟彼下泉人	오피하천인
喟然傷心肝	위연상심간

차마 이런 말 들을 수가 없어서네.

남쪽 패릉 언덕에 올라

머리 돌려 장안을 바라보는데

저 '하천'시 지은이의 뜻 깨닫고 보니

서글피 한숨 쉬며 가슴이 저며 오네.

梁甫吟 량보음

諸葛亮[*] 제갈량

步出齊城門	보출제성문
遙望蕩陰里	요망탕음리
里中有三墳	리중유삼분
纍纍正相似	류류정상사
問是誰家塚	문시수가총
田彊古冶氏	전강고야씨
力能排南山	력능배남산
文能絶地理	문능절지리
一朝被讒言	일조피참언
二桃殺三士	이도살삼사
誰能爲此謀	수능위차모
相國齊晏子	상국제안자

양보 땅의 노래

제갈량

제나라 성문을 걸어 나와
멀리 탕음리를 바라보네.
마을 가운데 세 개의 무덤이 있어
잇닿은 게 정말 서로 비슷하네.
이것들이 누구의 무덤인가 물으니
전개강 고야자 공손접의 것이라네.
힘은 남산을 밀어낼 수 있었고
글은 지리를 꿰뚫을 수 있었네.
하루아침에 참언으로 모략을 당해
복숭아 두 개에 선비 셋이 죽었네.
누가 이런 음모를 할 수 있었나
재상인 제나라 안영이었네.

一宵歡樂逐中庭詞啣以
織泥歸書時我作陶歌者
何必尊前面發紅唐寅

陶穀贈詞圖
唐寅

古木寒泉圖
文徵明

丹霞蔽日行 단하폐일행

曹丕[*] 조비

丹霞蔽日	단하폐일
彩虹垂天	채홍수천
谷水潺潺	곡수잔잔
木落翩翩	목락편편
孤禽失群	고금실군
悲鳴雲間	비명운간
月盈則沖	월영즉충
華不再繁	화부재번
古來有之	고래유지
嗟我何言	차아하언

---

[*] 위문제魏文帝이다. 조조의 아들이며 자字는 자환子桓이다.

불그레한 안개가 해를 가리고

조비

불그레한 안개가 해를 가리고 있고
고운 빛깔 무지개 하늘에 늘어졌네.
계곡물은 졸졸 흐르고
나뭇잎은 떨어져 살랑살랑 나부끼네.
외로운 새는 무리를 잃고서
구름 사이에서 슬프게 우네.
달은 차면 곧 비게 되고
꽃은 지면 다시 안 피네.
예로부터 이런 게 있어왔으니
아, 내가 무슨 말을 더 하겠는가.

燕歌行 연가행

曹丕 조비

秋風蕭瑟天氣涼	추풍소슬천기량
草木搖落露爲霜	초목요락로위상
羣燕辭歸雁南翔	군연사귀안남상
念君客遊思斷腸	념군객유사단장
慊慊思歸戀故鄉	겸겸사귀련고향
君何淹留寄他方	군하엄류기타방
賤妾煢煢守空房	천첩경경수공방
憂來思君不敢忘	우래사군불감망
不覺淚下沾衣裳	불각루하첨의상
援琴鳴弦發淸商	원금명현발청상
短歌微吟不能長	단가미음불능장
明月皎皎照我床	명월교교조아상
星漢西流夜未央	성한서류야미앙
牽牛織女遙相望	견우직녀요상망
爾獨何辜限河梁	이독하고한하량

연가행

조비

가을바람 쓸쓸하고 날씨는 쌀쌀하고
초목은 흔들려 떨어지고 이슬은 서리가 되네.
제비 떼 돌아가고 기러기 남쪽으로 나는데
나그네로 떠도는 당신 생각하니 애만 타네.
돌아올 생각 절절하여 고향 그리울 텐데
당신 어이 그대로 타향에 머물러 계시는가.
이 몸은 쓸쓸하게 빈방 지키며
걱정되어 당신 생각 잊지 못하고
눈물 흘러 옷자락이 젖는 줄도 몰랐네.
금을 잡고 줄을 튕겨 청상가락 울리고
단가 나직이 읊어보나 오래 할 수가 없네.
밝은 달은 훤히 내 침상을 비추고
은하수 서쪽으로 흘러도 밤은 아직 덜 새었네.
견우와 직녀는 아득히 서로 바라만 보는데
그대들 무슨 죄로 은하수 다리를 못 건너나.

七步詩 칠보시

曹植[*] 조식

煮豆燃豆萁　　　　자두연두기

豆在釜中泣　　　　두재부중읍

本是同根生　　　　본시동근생

相煎何太急　　　　상전하태급

異本	이본
煮豆持作羹	자두지작갱
漉豉以為汁	록시이위즙
萁在釜下燃	기재부하연
豆在釜中泣	두재부중읍
本自同根生	본자동근생
相煎何太急	상전하태급

일곱 걸음에 지은 시

조식

콩을 삶는데 콩대를 때니
콩이 솥 안에서 울고 있네.
본래 같은 뿌리에서 태어났는데
어찌 그리도 급히 끓여대는가.

콩을 삶아 가지고 국을 만들고
된장을 거른 걸로 국물을 내네.
콩대는 솥 아래서 타고 있고
콩알은 솥 안에서 울고 있네.
본래 같은 뿌리에서 태어났는데
어찌 그리도 급히 끓여대는가.

公讌 공연

曹植 조식

公子敬愛客	공자경애객
終宴不知疲	종연부지피
清夜遊西園	청야유서원
飛蓋相追隨	비개상추수
明月澄清影	명월징청영
列宿正參差	렬수정참치
秋蘭被長阪	추란피장판
朱華冒綠池	주화모록지
潛魚躍清波	잠어약청파
好鳥鳴高枝	호조명고지
神飆接丹轂	신표접단곡
輕輦隨風移	경련수풍이
飄飆放志意	표요방지의
千秋長若斯	천추장약사

공식 연회

조식

공께서는 손님을 공경하고 좋아하시어
잔치가 끝나도록 피곤한 줄 모르시네.
맑은 밤 서편 정원에서 즐기는데
수레의 지붕이 서로 이어 따르네.
밝은 달은 맑아서 그림자도 맑고
뭇 별들은 여기저기 흩어져 있네.
가을 난초는 긴 언덕을 뒤덮고 있고
붉은 꽃들은 푸른 연못에 한가득이네.
물속의 고기는 맑은 물결에 뛰어오르고
고운 새는 높은 나뭇가지에서 지저귀네.
신기한 회오리바람이 붉은 수레에 불고
가벼운 가마는 바람을 따라 움직이네.
바람에 날리듯 마음 풀어놓으니
천년토록 긴 세월 이렇기만 했으면.

魏晉南北朝 위진남북조

雜詩 잡시

司馬彪 사마표

百草應節生　　　백초응절생
含氣有深淺　　　함기유심천
秋蓬獨何辜　　　추봉독하고
飄飄隨風轉　　　표요수풍전
長飇一飛薄　　　장표일비박
吹我之四遠　　　취아지사원
搔首望故株　　　소수망고주
邈然無由返　　　막연무유반

잡시

사마표

온갖 풀이 계절 따라 생겨나지만
품은 기운은 깊고 얕음이 있네.
가을 쑥 혼자 무슨 잘못이 있어
나부끼는 바람 따라 굴러다니나.
세찬 바람에 한번 살짝 떠올라서는
내 주위 사방 멀리 날아다니네.
머리 긁적이며 옛 줄기 바라다보니
아득하여 돌아갈 데가 없네.

內顧詩 내고시

潘岳 반악

其一

靜居懷所歡	정거회소환
登城望四澤	등성망사택
春草鬱青青	춘초울청청
桑柘何奕奕	상자하혁혁
芳林振朱榮	방림진주영
綠水激素石	록수격소석
初征冰未泮	초정빙미반
忽然振絺綌	홀연진치락
漫漫三千里	만만삼천리
迢迢遠行客	초초원행객
馳情戀朱顏	치정련주안
寸陰過盈尺	촌음과영척
夜愁極清晨	야수극청신
朝悲終日夕	조비종일석
山川信悠永	산천신유영

안을 되돌아보는 시

반악

1

조용히 지내다가 좋아하던 이 그리워져
성으로 올라가서 사방의 못을 바라보네.
봄풀은 우거져 파릇파릇하고
산뽕나무들은 얼마나 아름다운가?
향기로운 숲엔 붉은 꽃들 흐드러져 피어 있고
푸른 물은 흰 바위에 흘러와서 부딪네.
처음 길 떠날 땐 얼음도 아직 녹지 않았었는데
어느새 칡베 옷을 얽어 입었네.
까마득한 삼천 리 길
아득히 멀리 떠나신 님.
내닫는 정은 아름다운 얼굴 그리나니
짧은 한 순간도 길게만 느껴지네.
밤의 시름은 새벽까지 드리우고
아침의 슬픔은 저녁까지 이어지네.
산천은 진실로 아득하고 기나긴데

願言良弗獲　　　원언량불획

引領訴歸期　　　인령소귀기

沈思不可釋　　　침사불가석

바람은 정말로 이루어지지 않네.

목 빠지게 돌아올 때를 호소도 해보지만

시름에 잠겨 헤어나지를 못하네.

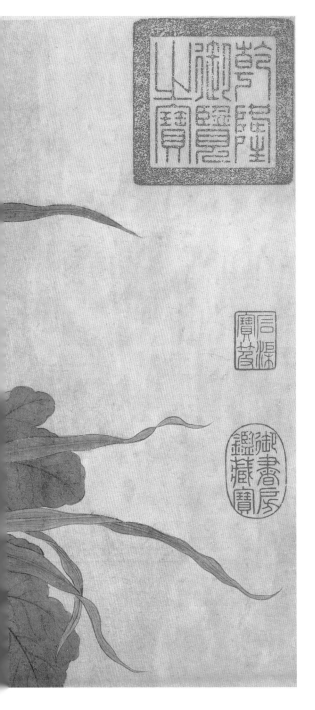

宋錢選忠孝圖

詠懷詩 영회시

阮籍 완적

其一

夜中不能寐	야중불능매
起坐彈鳴琴	기좌탄명금
薄帷鑒明月	박유감명월
淸風吹我襟	청풍취아금
孤鴻號外野	고홍호외야
朔鳥鳴北林	삭조명북림
徘徊將何見	배회장하견
憂思獨傷心	우사독상심

그리움을 읊은 시

완적

1

밤중에 잠 못 이루고
일어나 앉아 금을 타서 울린다.
엷은 휘장은 밝은 달 비춰주고
맑은 바람은 내 옷깃에 불어온다.
외로운 기러기 들 밖에서 울고
북녘 새는 북쪽 숲에서 운다.
서성거린들 무엇을 볼 수 있겠나
근심 걱정으로 홀로 상심만 깊어간다.

四時 사시

陶淵明 도연명

春水滿四澤   춘수만사택

夏雲多奇峰   하운다기봉

秋月揚明輝   추월양명휘

冬嶺秀孤松   동령수고송

사계절

도연명

봄, 눈 녹은 물이 못마다 가득하고
여름, 구름이 기이한 산 위에 많고
가을, 달이 드높이 떠 밝게 빛나고
겨울, 고개에 솔 한 그루 우뚝하고

弗瑞尔艺廊藏《洛神赋图》
顾恺之

擬古 의고

陶淵明 도연명

其七

日暮天無雲	일모천무운
春風扇微和	춘풍선미화
佳人美清夜	가인미청야
達曙酣且歌	달서감차가
歌竟長歎息	가경장탄식
持此感人多	지차감인다
皎皎雲間月	교교운간월
灼灼葉中華	작작엽중화
豈無一時好	기무일시호
不久當如何	불구당여하

옛것을 본따

도연명

7

저무는 하늘에는 구름도 없고
봄바람은 부드럽게 살랑거린다.
가인은 맑은 밤에 아름답고
새벽까지 술 마시며 노래를 한다.
노래 끝나자 긴 탄식을 하고
이것으로 느끼는 이가 많다.
구름 사이에 달빛은 교교하고
나뭇잎 가운데 꽃은 화사하다.
좋은 한때 어찌 없으리오만
오래가지 못하니 어쩌겠나.

責子詩 책자시

陶淵明 도연명

白髮被兩鬢	백발피량빈
肌膚不復實	기부불부실
雖有五男兒	수유오남아
總不好紙筆	총불호지필
阿舒已二八	아서이이팔
懶惰故無匹	나타고무필
阿宣行志學	아선행지학
而不愛文術	이불애문술
雍端年十三	옹단년십삼
不識六與七	불식육여칠
通子垂九齡	통자수구령
但覓梨與栗	단멱리여율
天運苟與此	천운구여차
且進杯中物	차진배중물

자식을 나무라는 시

도연명

백발이 양쪽 귀밑머리를 덮고
피부도 예전같이 실하지 못하네.
비록 다섯 아들이 있기는 하나
하나같이 공부를 좋아하지 않네.
'서'는 나이 벌써 열여섯이건만
본래 게으름에서는 맞수가 없고
'선'은 이제 열다섯 살이건만
글 쓰는 것을 좋아하지 않네.
'옹'과 '단'은 나이 열세 살인데
육과 칠도 제대로 분간 못하네.
'통'이 녀석은 아홉 살이 되고도
그저 먹을 배나 밤만을 찾네.
타고난 자식 운이 이 지경이니
또 한잔 술이나 마실 수밖에.

枇杷猿戲圖
許道寧

雙喜圖
崔白

歸去來辭 귀거래사

陶淵明 도연명

歸去來兮　　　　　　　　귀거래혜

田園將蕪胡不歸　　　　　전원장무호불귀

旣自以心爲形役　　　　　기자이심위형역

奚惆悵而獨悲　　　　　　해추창이독비

悟已往之不諫　　　　　　오이왕지불간

知來者之可追　　　　　　지래자지가추

實迷途其未遠　　　　　　실미도기미원

覺今是而昨非　　　　　　각금시이작비

舟遙遙以輕颺　　　　　　주요요이경양

風飄飄而吹衣　　　　　　풍표표이취의

問征夫以前路　　　　　　문정부이전로

恨晨光之熹微　　　　　　한신광지희미

乃瞻衡宇　　　　　　　　내첨형우

載欣載奔　　　　　　　　재흔재분

僮僕歡迎　　　　　　　　동복환영

146

돌아가네

도연명

아, 돌아가네.

밭과 동산 거칠어지려는데 어이 아니 돌아가리.

이제껏 마음이 몸의 노예가 되었지만

어찌 한탄하고 슬퍼만 하겠는가.

지나간 일 탓할 수 없음을 깨달았고

다가올 일 좇아야 할 것도 알았나니.

실로 길 헤맸지만 아직 멀리는 오지 않았으니

지금이 옳고 지난 게 그름을 깨달았네.

배는 흔들흔들 가볍게 밀려가고

바람은 살랑살랑 옷깃을 날리네.

길손에게 남은 앞길 물어보는데

새벽빛이 희미한 게 한스럽구나.

드디어 저만치 집이 바라다보이니

마구 기뻐지고 마구 내달리네.

머슴아이 반가이 맞이해주고

稚子候門	치자후문
三徑就荒	삼경취황
松菊猶存	송국유존
攜幼入室	휴유입실
有酒盈樽	유주영준
引壺觴以自酌	인호상이자작
眄庭柯以怡顏	면정가이이안
倚南窓以寄傲	의남창이기오
審容膝之易安	심용슬지이안
園日涉以成趣	원일섭이성취
門雖設而常關	문수설이상관
策扶老以流憩	책부로이류게
時矯首而遐觀	시교수이하관
雲無心以出岫	운무심이출수
鳥倦飛而知還	조권비이지환
影翳翳以將入	영예예이장입

어린 아들 문에서 기다리고 있네.
세 갈래 오솔길은 황폐해져 가지만
소나무와 국화는 그대로 남아 있네.
어린 놈 손잡고 방으로 들어서니
술 단지 한가득 술이 있네.
술병과 술잔 끌어당겨 자작하면서
뜰의 잣나무 바라보며 흐뭇한 얼굴 되네.
남쪽 창에 기대어 의기양양해지니
비좁은 방이지만 얼마나 편안한지.
정원을 매일 거닐어 풍취 이루고
문은 나 있지만 언제나 닫혀 있네.
늙은 몸 지팡이 짚고 내킬 때 쉬고
때로는 머리 들어 멀리를 바라보네.
구름은 무심히 산마루에서 나오고
날다 지친 새는 돌아올 줄을 아네.
햇살도 그늘져서 넘어가려 하다가

撫孤松而盤桓　　　　무고송이반환

歸去來兮　　　　　　귀거래혜

請息交以絶遊　　　　청식교이절유

世與我而相違　　　　세여아이상위

復駕言兮焉求　　　　부가언혜언구

悅親戚之情話　　　　열친척지정화

樂琴書以消憂　　　　락금서이소우

農人告余以春及　　　농인고여이춘급

將有事於西疇　　　　장유사어서주

或命巾車　　　　　　혹명건차

或棹孤舟　　　　　　혹도고주

旣窈窕以尋壑　　　　기요조이심학

亦崎嶇而經丘　　　　역기구이경구

木欣欣以向榮　　　　목흔흔이향영

泉涓涓而始流　　　　천연연이시류

홀로 선 소나무 쓰다듬고 머뭇거리네.

아, 돌아왔네.
사귐도 그만두소 노는 것도 끊으소.
세상과 나는 서로 맞지 않으니
다시 수레 타고 호령하기 어찌 구하리.
친척의 정다운 이야기를 기뻐하고
금과 책을 즐기며 근심을 해소하리.
농부가 내게 봄이 왔음을 알리니
서쪽 밭에 이제 일거리가 있겠네.
더러는 천막을 두른 수레를 부르고
더러는 외로운 배의 노를 저어서
이윽고 어둡고 아늑해지면 골짜기를 찾아가고
또한 험한 산길과 가파른 언덕도 지나가네.
물오른 나무들은 꽃을 피우려 하고
샘물은 퐁퐁 솟아 흐르기 시작하네.

善萬物之得時　　　　　선만물지득시
感吾生之行休　　　　　감오생지행휴

已矣乎　　　　　　　　이의호
寓形宇內復幾時　　　　우형우내부기시
曷不委心任去留　　　　갈불위심임거류
胡爲乎遑遑欲何之　　　호위호황황욕하지
富貴非吾願　　　　　　부귀비오원
帝鄕不可期　　　　　　제향불가기
懷良辰以孤往　　　　　회량신이고왕
或植杖而耘籽　　　　　혹식장이운자
登東皐以舒嘯　　　　　등동고이서소
臨清流而賦詩　　　　　림청류이부시
聊乘化以歸盡　　　　　료승화이귀진
樂夫天命復奚疑　　　　락부천명부해의

만물이 제철을 만난 걸 좋게 여기고
내 삶이 쉬게 된 것을 느끼고 있네.

아, 이제 다 지났네.
세상에 몸을 맡김이 또 언제이리.
어찌하여 가든 머물든 마음을 맡기지 않으며
어찌하여 그리도 바삐 어딜 가려고 하는가.
부귀는 내가 바라던 바 아니었고
신선의 땅은 기대조차 할 수가 없네.
날씨 좋은 날이 되면 혼자서 가고
간혹은 지팡이 세워 두고 김매고 북돋우네.
동쪽 언덕에 올라 느긋이 휘파람 불고
맑은 시냇가에 앉아서 시도 읊조리네.
애오라지 자연을 따르다 돌아갈 뿐인 것을
무릇 천명을 즐기면 됐지 무엇을 더 의심하랴.

臨清

明錢穀張復合畫水程圖

雜詩 잡시

陶淵明 도연명

其一

人生無根蔕	인생무근체
飄如陌上塵	표여맥상진
分散逐風轉	분산축풍전
此已非常身	차이비상신
落地爲兄弟	락지위형제
何必骨肉親	하필골육친
得歡當作樂	득환당작락
斗酒聚比鄰	두주취비린
盛年不重來	성년부중래
一日難再晨	일일난재신
及時當勉勵	급시당면려
歲月不待人	세월부대인

잡시

도연명

1

인생이란 뿌리도 꼭지도 없고
흩날리는 길 위의 먼지와 같은 것.
바람 바뀌는 데 따라서 갈라지고 흩어지나니
이게 이미 범상한 일이 아니네.
세상에 태어나 형 아우 되는 것이
어찌 꼭 친동기만의 일이겠는가.
기쁜 일이 생기면 마땅히 즐거워하고
말술도 이웃과 나란히 마셔야지.
청춘은 거듭해서 오는 일 없고
하루에 새벽이 다시 오긴 어렵네.
때가 되었을 때 마땅히 힘써야지
세월은 사람을 기다리지 않나니.

其二

白日淪西阿	백일륜서아
素月出東嶺	소월출동령
遙遙萬里輝	요요만리휘
蕩蕩空中景	탕탕공중경
風來入房戶	풍래입방호
夜中枕席冷	야중침석랭
氣變悟時易	기변오시역
不眠知夕永	불면지석영
欲言無予和	욕언무여화
揮杯勸孤影	휘배권고영
日月擲人去	일월척인거
有志不獲騁	유지불획빙
念此懷悲淒	념차회비처
終曉不能靜	종효불능정

2

하얀 해가 서쪽 언덕 뒤로 잠기니
하얀 달이 동쪽 고개 위로 떠오네.
아득하게 달빛이 만리를 비춰주니
넓디넓은 공중이 휘영청 환해지네.
바람이 방문 틈으로 스며들어 오니
밤중에 베개와 잠자리가 썰렁하네.
날씨가 변하니 계절이 바뀐 걸 알겠고
잠이 안 오니 밤이 긴 걸 알겠네.
말하고 싶어도 함께 호응할 사람 없어
잔 들어 외로운 그림자에게 권해 보네.
해와 달은 사람을 버려두고 가고
뜻은 있었으나 펼치지 못하였네.
이를 생각하니 서글프고 처량해져
새벽이 다되도록 안정이 되질 않네.

其五

憶我少壯時	억아소장시
無樂自欣豫	무락자흔예
猛志逸四海	맹지일사해
騫翮思遠翥	건핵사원저
荏苒歲月頹	임염세월퇴
此心消已去	차심소이거
值歡無復娛	치환무부오
每每多憂慮	매매다우려
氣力漸衰損	기력점쇠손
轉覺日不如	전각일불여
壑舟無須臾	학주무수유
引我不得住	인아부득주
前途當幾許	전도당기허
未知止泊處	미지지박처
古人惜寸陰	고인석촌음
念此使人懼	념차사인구

5

내 어리고 젊었을 때 추억해보면
낙 없이도 절로 흔쾌하고 기뻤네.
굳센 의지는 온 세상에 치달아
날개 펴고 멀리 날아가려 생각했는데
흘러가는 세월에 점차 기울어
그 마음은 사라져 이미 가버렸네.
기쁜 일이 있어도 다시 즐겁지 않고
매번 매번 많은 것은 근심과 걱정.
기력도 점점 쇠하고 줄어 가는 것이
하루가 다른 것을 깨달아 알게 되네.
생명의 배는 잠깐 쉴 틈도 없이
나를 끌고 가 가만히 있지를 못하네.
앞길은 이제 얼마쯤 남아 있나
그치고 머물 곳도 알지 못하네.
옛사람은 촌음을 아꼈었는데
이를 생각하니 사람을 두렵게 하네.

其六

昔聞長者言	석문장자언
掩耳每不喜	엄이매불희
奈何五十年	내하오십년
忽已親此事	홀이친차사
求我盛年歡	구아성년환
一毫無復意	일호무부의
去去轉欲速	거거전욕속
此生豈再值	차생기재치
傾家時作樂	경가시작락
竟此歲月駛	경차세월사
有子不留金	유자불류금
何用身後置	하용신후치

6

예전에 어른들 말씀을 들을 때면
귀 막고 그때마다 달갑지 않았는데
어쩌다 벌써 오십 년
어느새 이미 내가 그 짓을 하고 있네.
내 청춘의 즐거움 되찾아보려 해도
한가닥도 다시 생각할 수가 없네.
갈수록 바뀌는 건 빨라지려 하고
이 인생 어찌 다시 만날 수 있으리.
집이 기울어도 때로 즐거움은 누려라
마침내는 이 세월 달려가버릴 테니.
자식이 있어도 돈은 남겨주지 마라
죽은 뒤의 조치가 무슨 소용 있겠는가.

其七

日月不肯遲	일월불긍지
四時相催迫	사시상최박
寒風拂枯條	한풍불고조
落葉掩長陌	락엽엄장맥
弱質與運頹	약질여운퇴
玄鬢早已白	현빈조이백
素標插人頭	소표삽인두
前途漸就窄	전도점취착
家爲逆旅舍	가위역려사
我如當去客	아여당거객
去去欲何之	거거욕하지
南山有舊宅	남산유구택

7

일월은 지체하길 즐기지 않고
사계절은 서로를 재촉해대네.
찬바람이 마른 가지 흔들고 지나가니
낙엽이 떨어져서 긴 길을 뒤덮네.
체질이 약한 데다 운세 또한 쇠하여
검은 머리 일찌감치 흰머리가 되었네.
하얀 표가 사람 머리에 꽂히는 것은
앞날이 점점 더 짧아진다는 것이네.
집이란 잠시 머물다 가는 여관인 게고
나 또한 떠나야 할 나그네 같은 신세.
가고 또 가서 어디로 가려고 하나.
남산에 있는 저 옛날 무덤이겠지.

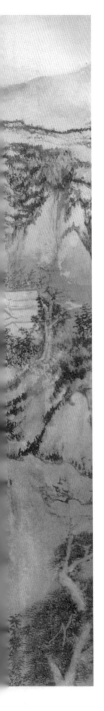

廬山全景
張大千

挽歌詩 만가시

陶淵明 도연명

其一

有生必有死	유생필유사
早終非命促	조종비명촉
昨暮同爲人	작모동위인
今旦在鬼録	금단재귀록
現氣散何之	현기산하지
枯形寄空木	고형기공목
嬌兒索父啼	교아색부제
良友撫我哭	량우무아곡
得失不復知	득실불부지
是非安能覺	시비안능각
千秋萬歲後	천추만세후
誰知榮與辱	수지영여욕
但恨在世時	단한재세시
飲酒不得足	음주부득족

애도의 노래

도연명

1

태어남이 있으면 반드시 죽음이 있으니
일찍 죽는 것도 명이 재촉한 건 아닐세.
어제 저녁 같이 했던 사람이
오늘 아침 저승길 가고 있네.
영혼은 흩어져 어디로 가고
사체만 관 속에 누워있는가.
이쁜 자식 아비를 찾으며 울고
좋은 벗은 죽은 나를 쓰다듬고 우네.
득실도 이제 다신 모르고
시비도 어찌 알 수 있겠나.
천 년 만 년이 지나간 후에
영광과 욕됨을 누가 알겠나.
오직 살아생전에 한이 있다면
마음껏 술 마시지 못한 것이네.

其二

在昔無酒飲	재석무주음
今但湛空觴	금단담공상
春醪生浮蟻	춘료생부의
何時更能嘗	하시갱능상
肴案盈我前	효안영아전
親舊哭我傍	친구곡아방
欲語口無音	욕어구무음
欲視眼無光	욕시안무광
昔在高堂寢	석재고당침
今宿荒草鄉	금숙황초향
一朝出門去	일조출문거
歸來夜未央	귀래야미앙

2

예전엔 없어서 술 못 마셨는데
이제 와 부질없이 잔이 넘치네.
봄 탁주에 밥알도 동동 떴건만
언제 또다시 맛볼 수 있겠는가.
안주상 내 앞에 가득 차려두고
친구들 내 옆에서 곡을 하는데
말을 할래도 입에는 소리 없고
앞을 볼래도 눈에는 빛이 없네.
예전엔 높은 집에서 잠을 잤건만
지금은 거친 풀밭에 묵게 되었네.
하루아침에 죽어서 문을 나가면
제삿날 새벽녘에나 돌아올 테지.

其三

荒草何茫茫	황초하망망
白楊亦蕭蕭	백양역소소
嚴霜九月中	엄상구월중
送我出遠郊	송아출원교
四面無人居	사면무인거
高墳正嶕嶢	고분정초요
馬爲仰天鳴	마위앙천명
風爲自蕭條	풍위자소조
幽室一已閉	유실일이폐
千年不復朝	천년불부조
賢達無奈何	현달무내하
向來相送人	향래상송인
各自還其家	각자환기가
親戚或餘悲	친척혹여비
他人亦已歌	타인역이가

172

3

거친 풀밭은 끝없이 우거지고
백양나무도 쓸쓸히 서있는데
된서리 내린 추운 구월에
먼 야외로 죽은 나를 내보내네.
사방 어디에도 인가는 없고
높은 무덤들만 봉긋봉긋 솟아 있네.
맑은 하늘을 우러러 울고
바람은 빈 가지에서 부네.
무덤이 한번 닫히고 나면
영원히 아침은 다시 없네.
현인도 달인도 도리 없네.
여기까지 따라와 도와준 사람들
각자 제집으로 하나씩 돌아가고
친척들이 더러 남아서 슬퍼할 뿐
다른 사람들은 벌써 노래도 하리.

死去何所道　　　　사거하소도

託體同山阿　　　　탁체동산아

죽어버린 나는 어찌할 바도 없고
몸을 산에 맡겨 흙으로 돌아가네.

千里江山圖
王希孟

自祭文 자제문

陶淵明 도연명

歲惟丁卯	세유정묘
律中無射	률중무역
天寒夜長	천한야장
風氣蕭索	풍기소삭
鴻雁于往	홍안우왕
草木黃落	초목황락
陶子將辭	도자장사
逆旅之館	역려지관
永歸於本宅	영귀어본택
故人悽其相悲	고인처기상비
同祖行於今夕	동조행어금석
羞以嘉蔬	수이가소
薦以淸酌	천이청작
候顏已冥	후안이명
聆音愈漠	령음유막
嗚呼哀哉	오호애재

자기 제문

도연명

해는 정묘년

달은 구월

하늘이 차고 밤은 긴데

바람과 기운은 쓸쓸하고 스산하네.

큰 기러기 날아가고

초목은 누렇게 떨어지네.

나 도연명은 이제

잠시 머물던 세상 여관 하직하고

본래의 집으로 영영 돌아가네.

정든 사람들이 애절하게 슬퍼하며

오늘밤에 나를 조상에게 가게 하네.

제상에 맛난 음식 차려 놓고

맑은 술을 따라 올리지만

얼굴을 살펴도 이미 어둡고

말을 하려 해도 그저 답답할 뿐.

아, 슬프도다!

茫茫大塊	망망대괴
悠悠高旻	유유고민
是生萬物	시생만물
余得爲人	여득위인
自余爲人	자여위인
逢運之貧	봉운지빈
簞瓢屢罄	단표루경
絺綌冬陳	치격동진
含歡谷汲	함환곡급
行歌負薪	행가부신
翳翳柴門	예예시문
事我宵晨	사아소신
春秋代謝	춘추대사
有務中園	유무중원
載耘載耔	재운재자
耐育耐繁	내육내번

망망히 넓은 대지

유유히 높은 하늘

이 하늘과 땅이 만물을 낳았고

나는 사람으로 태어났네.

나는 사람이 되고서부터

가난한 운을 만나

소쿠리도 표주박도 여러 차례 비었었고

겨울에도 칡베를 꿰매 입었네.

골짜기의 계곡 물 머금고 기뻐하며

나뭇짐 지고 가며 노래도 불렀었고

늘 사립문 닫아놓고 살면서

아침저녁 그저 나만을 섬겼다네.

봄가을 계절 따라

동산 속에 일이 있었고

김도 매고 북도 돋우며

길러서 무성케 하였네.

欣以素牘	흔이소독
和以七絃	화이칠현
冬曝其日	동폭기일
夏濯其泉	하탁기천
勤靡餘勞	근미여로
心有常閒	심유상한
樂天委分	락천위분
以至百年	이지백년
惟此百年	유차백년
夫人愛之	부인애지
懼彼無成	구피무성
貪日惜時	탐일석시
存爲世珍	존위세진
沒亦見思	몰역견사
嗟我獨邁	차아독매
曾是異兹	증시이자

문서를 읽고 기뻐하며

악기를 타며 화락하고

겨울에는 따스한 햇살을 쬐고

여름에는 샘물에 몸을 씻었네.

부지런히 남은 힘을 다하였지만

마음에는 늘 한가함이 있었고

천분을 즐기며 천분에 내맡기며

그렇게 백 년에 이르렀네.

오직 이 백 년

무릇 사람들은 이를 애지중지하여

다 채울 수 없음을 두려워하고

하루도 탐하고 한 시각도 아까워하네.

살아서는 세상에서 귀히 되길 바라고

죽어서도 오래 기억되길 바라네.

아, 하지만 나는 홀로 고매하게

일찍부터 이와는 사뭇 달라서

寵非己榮	총비기영
涅豈吾緇	날기오치
拙兀窮廬	졸올궁려
酣飲賦詩	감음부시
識運知命	식운지명
疇能罔眷	주능망권
余今斯化	여금사화
可以無恨	가이무한
壽涉百齡	수섭백령
身慕肥遁	신모비둔
從老得終	종로득종
奚復所戀	해부소련
寒暑逾邁	한서유매
亡旣異存	망기이존
外姻晨來	외인신래
良友宵奔	량우소분

총애를 내 영광이 아니라 여겼으니
진흙이 어찌 나를 물들이겠나.
보잘것없이 밋밋하고 궁색한 초가에서
술을 즐기고 시를 지었네.
운도 알고 명도 알지만
누가 능히 뒤돌아보지 않을 수 있으리.
나는 이제 이렇게 되었지만
더 이상 아무런 여한이 없네.
수명도 백살 가까이 이르렀고
몸도 은둔을 애타게 그리네.
살만큼 살고 늙어서 죽게 되니
어찌 다시 더 사랑할 바가 있겠는가.
추위도 더위도 이제 다 지나가고
죽음은 이미 삶과 다르네.
외척 친척들은 새벽에 오고
친한 친구들은 밤에 달려와

葬之中野	장지중야
以安其魂	이안기혼
遙遙我行	요요아행
蕭蕭墓門	소소묘문
奢恥宋臣	사치송신
儉笑王孫	검소왕손
廓兮已滅	확혜이멸
慨焉已遐	개언이하
不封不樹	불봉불수
日月遂過	일월수과
匪貴前譽	비귀전예
孰重後歌	숙중후가
人生寔難	인생식난
死如之何	사여지하
嗚呼哀哉	오호애재

들판 가운데 나를 장사지내고

그렇게 해서 그 넋을 편안히 잠재우네.

아득하도다 나 가는 길

쓸쓸하도다 무덤의 문

송나라 한퇴같이 사치하면 부끄럽고

한나라 왕양손같이 검소해도 우스우리.

휑하도다 이미 소멸해버렸으니

슬프도다 이미 멀어져버렸으니

내 무덤엔 봉분도 나무도 없고

해와 달만 지나가네.

죽기 전의 명예를 귀히 여기지 않았으니

죽은 후의 노래야 누가 중하다 하겠는가.

인생이 참으로 고달팠거늘

죽음은 또 어떨는지.

아, 슬프도다!

瑞鶴圖
趙佶

歲暮 세모

謝靈運 사령운

殷憂不能寐　　은우불능매
苦此夜難頹　　고차야난퇴
明月照積雪　　명월조적설
朔風勁且哀　　삭풍경차애
運往無淹物　　운왕무엄물
年逝覺已催　　년서각이최

세밑

사령운

은근한 근심에 잠 못 이루고
괴로움에 이 밤 지새기도 어렵네.
밝은 달은 쌓인 눈을 비춰주는데
삭풍은 매섭고도 서글프구나.
세월은 흘러가 머무는 것 없고
해가 가니 벌써 재촉한 걸 알겠네.

石壁精舍還湖中作 석벽정사환호중작

謝靈運 사령운

昏旦變氣候　　혼단변기후
山水含清暉　　산수함청휘
清暉能娛人　　청휘능오인
游子憺忘歸　　유자담망귀
出谷日尚早　　출곡일상조
入舟陽已微　　입주양이미
林壑斂暝色　　림학렴명색
雲霞收夕霏　　운하수석비
芰荷迭映蔚　　기하질영위
蒲稗相因依　　포패상인의
披拂趨南徑　　피불추남경
愉悅偃東扉　　유열언동비
慮澹物自輕　　려담물자경
意愜理無違　　의협리무위
寄言攝生客　　기언섭생객
試用此道推　　시용차도추

석벽정사에서 호수로 돌아가며 짓다

사령운

아침저녁으로 날씨는 변하지만

산수는 맑은 빛을 머금고 있네.

맑은 빛은 사람을 즐겁게 하여

노니는 이 편안하여 돌아갈 줄 모르네.

골짜기를 나서니 해 아직 일렀는데

배로 들어가니 햇빛 이미 희미하네.

숲과 골짜기는 저녁 빛을 거둬가고

구름과 안개는 저녁 비를 거둬가네.

마름꽃 연꽃 번갈아 물에 비치고

부들과 피가 서로 맞닿아 기대네.

헤치고 떨치면서 남쪽 길을 바삐 걸어

유쾌한 마음으로 동문에서 숨 돌리네.

생각이 담백하면 사물은 저절로 가벼워지고

마음이 흡족하면 도리에 어긋날 일 없어지네.

섭생하는 이들에게 말 좀 전해주시게

시험삼아 이 도리를 밀고나가 보시라고.

擬古 의고

鮑照 포조

其七

河畔草未黃	하반초미황
胡雁已矯翼	호안이교익
秋螢扶戶吟	추형부호음
寒婦成夜織	한부성야직
去歲征人還	거세정인환
流傳舊相識	유전구상식
聞君上隴時	문군상롱시
東望久歎息	동망구탄식
宿昔改衣帶	숙석개의대
朝旦異容色	조단이용색
念此憂如何	념차우여하
夜長愁更多	야장수갱다
明鏡塵匣中	명경진갑중
瑤琴生綱羅	요금생강라

옛것을 본따

포조

7

강둑에 풀은 아직 시들지 않았는데
북방의 기러기는 벌써 날갯짓을 하네.
가을 반디는 문에 기며 우는데
쓸쓸한 아낙은 밤새워 베를 짜네.
작년에 출정한 사람이 돌아와서는
흘러 전하네, 예전에 서로 알았었다고.
듣자 하니 그대가 농산에 올라
동쪽을 바라보며 길게 탄식했다던데
나도 여위어 옛날 옷 고쳐 입고
아침마다 얼굴빛도 달라진다네.
이런 근심 생각한들 어쩌겠나
밤은 길고 수심은 더욱 많으니.
밝은 거울은 상자 속에서 먼지만 쌓여가고
옥금에는 어느새 거미줄이 쳐져 있네.

其八

蜀漢多奇山	촉한다기산
仰望與雲平	앙망여운평
陰崖積夏雪	음애적하설
陽谷散秋榮	양곡산추영
朝朝見雲歸	조조견운귀
夜夜聞猿鳴	야야문원명
憂人本自悲	우인본자비
孤客易傷情	고객역상정
臨堂設樽酒	림당설준주
留酌思平生	류작사평생
石以堅爲性	석이견위성
君勿慚素誠	군물참소성

8

촉한 땅엔 기이한 산이 많아서

우러러 쳐다보니 구름과 닿아 있네.

음지쪽 벼랑에는 여름에도 눈이 있고

양지쪽 계곡에는 가을에도 꽃이 지네.

아침마다 구름이 휘돌아가는 게 보이고

밤마다 원숭이가 우는 것도 들리네.

근심하는 사람은 본디 제멋대로 슬퍼지고

외로운 나그네는 상심하기 쉬운 법.

마루에 올라 멋진 술상을 차려 놓고

술잔을 손에 든 채 지난 평생을 생각하네.

돌은 원래 굳은 것을 본성으로 삼나니

자네는 그 소박한 성실을 부끄러워 마시게.

潇湘图
董源

子夜歌 자야가

蕭衍[*] 소연

其一

恃愛如欲進　　시애여욕진

含羞未肯前　　함수미긍전

朱口發艶歌　　주구발염가

玉指弄嬌絃　　옥지롱교현

其二

朝日照綺窓　　조일조기창

光風動紈羅　　광풍동환라

巧笑蒨兩犀　　교소천량서

美目揚雙蛾　　미목양쌍아

한밤중의 노래

소연

1

사랑 믿고 앞으로 나오려 할 것 같은데
부끄러움에 아직 선뜻 나서지를 못하네.
붉은 입에서는 고운 노래가 흘러나오고
옥 같은 손가락은 소리 맑은 현을 타네.

2

아침 해는 비단 창문을 환히 비추고
빛과 바람은 비단 옷자락 살랑여주네.
사랑스런 웃음은 흰 치아에 선명하고
아름다운 눈은 양 눈썹을 치켜올리네.

懷故人 회고인

謝朓 사조

芳洲有杜若	방주유두약
可以贈佳期	가이증가기
望望忽超遠	망망홀초원
何由見所思	하유견소사
我行未千里	아행미천리
山川已間之	산천이간지
離居方歲月	리거방세월
故人不在茲	고인부재자
清風動簾夜	청풍동렴야
孤月照窓時	고월조창시
安得同攜手	안득동휴수
酌酒賦新詩	작주부신시

옛 친구를 생각하며

사조

풀꽃 핀 모래섬에 두약이 있어
좋은 친구에게 보낼 수도 있건만
아득하게 갑자기 멀어져버렸으니
어쩌면 좋은가 보고 싶은 마음.
천리도 안 되는 길 떠나 왔지만
산과 강이 이미 그 사이에 있네.
떨어져 지내며 이제 세월 갈 텐데
그리운 옛 친구는 이곳에 없네.
맑은 바람이 주렴을 흔드는 밤
외로운 달빛이 창을 비춰줄 때
어찌 둘이 함께 손을 마주 잡고
술 따르며 새 시를 읊지 않으리.

同王主簿有所思 동왕주부유소사

謝朓 사조

佳期期未歸　　　가기기미귀

望望下鳴機　　　망망하명기

徘徊東陌上　　　배회동맥상

月出行人稀　　　월출행인희

왕주부[*]와 함께할 생각에 잠기다

사조

설레는 기약이건만 기약 날 돌아오지 않으니
기다리고 기다리다 짜던 베틀 내려와서
동쪽 밭두렁 길 위를 서성거려보는데
달은 떴으나 다니는 사람은 거의 없네.

* 사조의 벗인 시인 왕융_{王融}을 가리킨다.

發湘州贈親故別 발상주증친고별

吳均 오균

君留朱門裏	군류주문리
我至廣江濆	아지광강분
城高望猶見	성고망유견
風多聽不聞	풍다청불문
洗蘋方繞繞	세평방요요
落葉尚紛紛	락엽상분분
無由得共賞	무유득공상
山川間白雲	산천간백운

상주를 떠나 친구에게 작별을 보내다

오균

자네는 붉은 문안에 머물러 있는데
나는 드넓은 강가에 이르러 있네.
성이 높아 바라보면 아직 보이긴 해도
바람 거세 들어보려 해도 들리진 않네.
물에 잠긴 갈대는 사방에 엉켜 있고
떨어지는 나뭇잎은 아직도 어지럽네.
함께 이 경치 감상할 길도 없건만
산천엔 간간이 흰 구름이 떠 있네.

雍正帝祭先農壇
佚名

春江花月夜 춘강화월야

王錫 왕석

春江兩岸百花深	춘강량안백화심
晧月飛空雪滿林	호월비공설만림
爲愛良宵淸似晝	위애량소청사주
獨來江畔試幽尋	독래강반시유심
東風送冷春衫薄	동풍송랭춘삼박
花月堪憐難擲却	화월감련난척각
孤月何能夜夜圓	고월하능야야원
繁花易遺紛紛落	번화이견분분락
搔首踟躕江水濱	소수지주강수빈
月明忽遇弄珠人	월명홀우롱주인
紅粧笑入花叢去	홍장소입화총거
倂作江南斷腸春	병작강남단장춘
月轉江亭花影動	월전강정화영동
數聲嬌鳥枝頭弄	삭성교조지두롱
侵曉分途踏月歸	침효분도답월귀
連宵應作春江夢	련소응작춘강몽

봄 강의 꽃 핀 달밤

왕석

봄 강 양 기슭에 온갖 꽃이 무성하고
하얀 달 하늘 날아 눈이 숲에 가득한 듯.
사랑하기 좋은 이 밤 맑기가 낮과 같아
강가에 홀로 와서 조용히 찾아보네.
동풍의 찬 기운에 봄 옷 아직 얇지만
꽃과 달 견디는 게 애처로워 다가가네.
외로운 저 달인들 어찌 밤마다 둥글겠나
무성한 꽃들도 금세 분분히 지는 것을.
머리를 긁적이며 강물 가를 서성이다
달이 밝아 홀연 고운 이를 만나게 됐네.
붉은 단장 미소하며 꽃 숲에 들어가는데
어우러져 강남의 애끓는 봄을 만드네.
달 기우니 강가 정자 꽃 그림자 움직이고
지저귀는 고운 새들 가지 끝을 희롱하네.
새벽이 들자 길 나누어 달빛 밟고 왔지만
밤에 이어 응당히 봄 강의 꿈 이루려네.

雪裏梅花 설리매화

陰鏗 음갱

春近寒雖轉   춘근한수전

梅舒雪尚飄   매서설상표

從風還共落   종풍환공락

照日不俱銷   조일불구소

葉開隨足影   엽개수족영

花多助重條   화다조중조

今來漸異昨   금래점이작

向晚判勝朝   향만판승조

눈 속에 핀 매화

음갱

봄이 가까워져 추위 비록 꺾였지만
매화에서 흩어진 눈 아직도 날리누나.
바람 따라 함께 떨어지고 있지만
해 비쳐도 함께 녹지는 않네.
잎이 나니 따라서 그림자도 넉넉해지고
꽃이 많아 무거운 가지에 무게를 더해주네.
오늘 와 보니 시나브로 어제와는 다르고
저녁이 돼가니 아침보단 완연히 더 아름답네.

子夜歌 자야가

「南朝民歌」 남조 민가

始欲識郎時   시욕식랑시
兩心望如一   량심망여일
理絲入殘機   리사입잔기
何悟不成匹   하오불성필

擘裙未結帶   람군미결대
約看出前窓   약간출전창
羅裳易飄颺   라상이표양
小開罵春風   소개매춘풍

한밤의 노래

「남조 민가」

처음 당신을 알고 싶었을 적엔
두 마음 하나같이 바라봤는데
실 매만져 짜던 베틀에 넣긴 하지만
한필도 못 짤 줄이야 어이 알았으리?

치마 허리춤 쥐고 띠도 안 맨 채
잠깐 보려고 앞 창문으로 나갔는데
비단 치마는 바람에 잘도 날려서
조금 벌어지자 봄바람을 욕하네.

晴峦萧寺图
李成

江帆樓閣圖
李思訓

讀曲歌 독곡가

「南朝民歌」 남조 민가

花釵芙蓉髻　　　　　화채부용계

雙鬢如浮雲　　　　　쌍빈여부운

春風不知著　　　　　춘풍부지저

好來動羅裙　　　　　호래동라군

한 곡조 노래

「남조 민가」

꽃 비녀에 연꽃 쪽머리

양쪽 귀밑머리는 뜬 구름 같고.

봄바람은 모습 알 수 없지만

자주 와서는 비단 치마 흔들고.

採桑度 채상도

「南朝民歌」 남조 민가

采桑盛陽月　　　채상성양월

綠葉何翩翩　　　록엽하편편

攀條上樹表　　　반조상수표

牽壞紫羅裙　　　견괴자라군

뽕 따는 모습

「남조 민가」

뽕을 따는 한창 따스한 봄날
푸른 잎새 어찌나 싱싱한지
가지 잡고 나무 위로 올라가다가
가지에 걸려 자줏빛 비단 치마 찢어졌네.

企喩歌 기유가

「北朝民歌」 북조 민가

男兒可憐蟲　　　　남아가련충
出門懷死憂　　　　출문회사우
尸喪狹谷中　　　　시상협곡중
白骨無人收　　　　백골무인수

깨우침을 꾀하는 노래

「북조 민가」

사내란 참 가련한 벌레들이네
문 나서면 죽을 걱정해야만 하니.
시체가 좁은 골짜기에 버려진대도
백골을 거둬주는 사람도 없네.

琅琊王歌 랑야왕가

「北朝民歌」 북조 민가

新買五尺刀	신매오척도
懸著中樑柱	현저중량주
一日三摩挲	일일삼마사
劇于十五女	극우십오녀

낭야왕 노래

「북조 민가」

새로 다섯 자 칼을 사다가
들보 기둥에 매달아놓고
하루 세 번을 어루만지니
열다섯 처녀보다 더 아끼네.

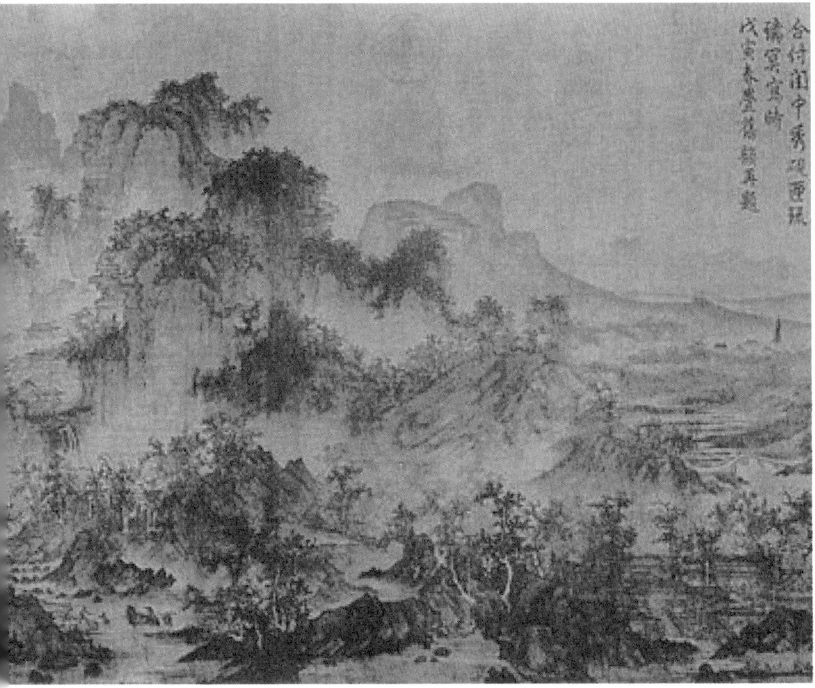

茂林远岫图
李成

幽州馬客吟歌辭 유주마객음가사

「北朝民歌」 북조 민가

快馬常苦瘦　　　　쾌마상고수

剿兒常苦貧　　　　초아상고빈

黃禾起羸馬　　　　황화기리마

有錢始作人　　　　유전시작인

유주의 말 탄 사람이 읊은 노래

「북조 민가」

빨리 달리는 말은 늘 야윔을 괴로워하고
애써 일하는 이는 늘 가난을 괴로워하네.
누런 벼가 파리한 말 일어서게 하고
돈 있어야 비로소 사람 구실을 하네.

折楊柳歌 절양류가

「北朝民歌」 북조 민가

腹中愁不樂　　　　복중수불락

願作郎馬鞭　　　　원작랑마편

出入攬郎臂　　　　출입환랑비

蹀坐郎膝邊　　　　접좌랑슬변

버들가지 꺾는 노래

「북조 민가」

뱃속에 시름이 있어 즐겁지가 않으니
우리 낭군 말채찍이라도 됐으면 좋겠네.
들고 날 땐 낭군 팔에 딱 붙어 있고
걷거나 앉았을 땐 낭군 무릎 곁에 있게.

隋^수

人日思歸 인일사귀

薛道衡 설도형

入春才七日	입춘재칠일
離家已二年	리가이이년
人歸落雁後	인귀락안후
思發在花前	사발재화전

정월 초이레에 돌아갈 생각하다

설도형

봄 되어 겨우 칠일

집 떠나 벌써 이태

사람은 기러기 떠난 후에나 돌아갈 텐데

생각은 꽃도 피기 전부터 벌써 간절하네.

昔昔鹽 석석염

薛道衡 설도형

垂柳覆金堤	수류복금제
靡蕪葉復齊	미무엽부제
水溢芙蓉沼	수일부용소
花飛桃李蹊	화비도리혜
采桑秦氏女	채상진씨녀
織錦竇家妻	직금두가처
關山別蕩子	관산별탕자
風月守空閨	풍월수공규
恒斂千金笑	항렴천금소
長垂雙玉啼	장수쌍옥제
盤龍隨鏡隱	반용수경은
彩鳳逐帷低	채봉축유저
飛魂同夜鵲	비혼동야작

밤이면 밤마다

설도형

늘어진 버들이 금빛 제방을 덮고
천궁 잎이 다시 가지런히 돋았네.
맑은 물은 부용 못에 넘실거리고
복사꽃 자두꽃이 온 길에 흩날리네.

뽕잎을 따는 진씨 댁 아가씨
비단을 짜는 두씨 댁 아낙네
고향을 떠난 탕자는 소식도 없는데
바람과 달빛이 빈방을 지키고 있네.

천금 같은 미소는 아주 거두어들이고
두 줄기 옥 같은 눈물 길게 드리우네.
꿈틀꿈틀 반룡도 거울 속으로 숨었고
알록달록 봉황도 휘장을 따라 처졌네.

떠다니는 혼령은 밤 까치와도 같아서

倦寢憶晨雞　　　　권침억신계
暗牖懸蛛網　　　　암유현주망
空梁落燕泥　　　　공량락연니

前年過代北　　　　전년과대북
今歲往遼西　　　　금세왕료서
一去無消息　　　　일거무소식
那能惜馬蹄　　　　나능석마제

잠자리 뒤척이며 새벽닭 울기를 기다리네.
어두운 들창에는 거미줄이 처져 있고
텅 빈 들보에선 제비 집 진흙이 떨어지네.

지난해에는 대국 북쪽을 지났다 하고
올해에는 요서 지방으로 갔다고 하네.
한번 떠나간 뒤로는 소식조차 없지만
어찌 말굽 아껴 안 돌아올 수가 있나.

京師生春詩意圖
徐揚

送別詩 송별시

無名氏 무명씨

楊柳青青著地垂　　　양류청청저지수
楊花漫漫攪天飛　　　양화만만교천비
柳條折盡花飛盡　　　류조절진화비진
借問行人歸不歸　　　차문행인귀불귀

송별시

무명씨

버드나무 푸르러 땅에 닿도록 늘어졌고
버들꽃은 어지러이 하늘에 가득 날리네.
버들가지 다 꺾이고 꽃도 다 날아가면
묻나니 떠난 그 사람 돌아올까 어떨까.

唐^당

曲池荷 곡지하

盧照隣 로조린

浮香繞曲岸   부향요곡안

圓影覆萃池   원영복췌지

常恐秋風早   상공추풍조

飄零君不知   표령군부지

곡지의 연꽃

노조린

연꽃 향기는 굽어진 못가에 감돌고
둥근 연잎 그림자는 못을 뒤덮었네.
항상 두려운 건 가을바람 빠른 거니
나부껴 떨어질 걸 그대는 모르는가.

春江花月夜 춘강화월야

張若虛 장약허

春江潮水連海平	춘강조수련해평
海上明月共潮生	해상명월공조생
灩灩隨波千萬裏	염염수파천만리
何處春江無月明	하처춘강무월명
江流宛轉繞芳甸	강류완전요방전
月照花林皆似霰	월조화림개사산
空裏流霜不覺飛	공리류상불각비
汀上白沙看不見	정상백사간불견
江天一色無纖塵	강천일색무섬진
皎皎空中孤月輪	교교공중고월륜
江畔何人初見月	강반하인초견월
江月何年初照人	강월하년초조인
人生代代無窮已	인생대대무궁이
江月年年祇相似	강월년년지상사
不知江月對何人	부지강월대하인
但見長江送流水	단견장강송류수

봄 강의 꽃 핀 달밤

장약허

봄 강은 밀물에 바다와 닿아 평탄하고
바다 위엔 밝은 달도 조수와 함께 돋네.
잔잔히 따르는 물결 천리만리 흐르는데
어느 곳 봄 강인들 달이 밝지 않겠는가.
강 흐름은 꽃 핀 들판 에둘러 돌아가고
달 비추는 꽃 숲 온통 싸락눈이 내린 듯.
허공 속엔 서리 흘러 나는 줄 모르겠고
물가 위 흰 모래도 분간을 할 수 없네.
강과 하늘 한 색으로 티끌도 하나 없고
희고 밝은 허공 속엔 둥근 달만 외롭네.
강가엔 누가 맨 처음 저 달 쳐다봤을까
강달은 어느 해에 처음 사람 비췄을까.
인생은 대대손손 무궁토록 달라져 가나
강달은 년년세세 한결같이 변함없네.
모르겠네 저 강달 누구를 보고 있는지
보이는 건 장강이 물을 흘려 보내는 것.

白雲一片去悠悠	백운일편거유유
青楓浦上不勝愁	청풍포상불승수
誰家今夜扁舟子	수가금야편주자
何處相思明月樓	하처상사명월루
可憐樓上月徘徊	가련루상월배회
應照離人妝鏡臺	응조리인장경대
玉戶簾中卷不去	옥호렴중권불거
擣衣砧上拂還來	도의침상불환래
此時相望不相聞	차시상망불상문
願逐月華流照君	원축월화유조군
鴻雁長飛光不度	홍안장비광부도
魚龍潛躍水成紋	어룡잠약수성문
昨夜閑潭夢落花	작야한담몽락화
可憐春半不還家	가련춘반불환가
江水流春去欲盡	강수류춘거욕진
江潭落月復西斜	강담락월부서사

새하얀 구름 한 조각 유유히 흘러가고
푸른 단풍은 물가에서 시름에 겨워하네.
뉘 집이 오늘 밤 조각배 띄워서 보내고
어느 곳에 그리운 명월루는 있는 건가.
가련타 누각 위엔 달빛만이 배회하며
아마도 떠난 사람 화장대도 비춰주겠지.
방문에 친 발 걷어도 달빛은 안 걷히고
다듬이에 다듬질해도 돌아올 일은 없네.
지금 서로 달 보며 말은 서로 못 듣지만
바라건대 달빛 따라가 그대 비추었으면.
기러기 떼 길게 날아 빛이 닿지 못하고
물고기 잠겼다 뛰었다 물결무늬 만드네.
간밤 한적한 못에 꽃이 지는 꿈 꿨는데
가련타 봄이 반이나 가도 집엔 못 가네.
강물은 봄을 흘려보내서 끝내려 하고
강과 못에 지는 달은 다시 서로 기우네.

斜月沈沈藏海霧　　사월침침장해무
碣石瀟湘無限路　　갈석소상무한로
不知乘月幾人歸　　부지승월기인귀
落月搖情滿江樹　　락월요정만강수

기운 달은 침침한 바다 안개에 휩싸이고
갈석에서 소상까진 끝도 없이 먼 길일세.
모르겠네 달빛 타고 몇이나 돌아갔는지
지는 달에 흔들리는 마음 강변 숲 가득.

湖山勝概
溥心畬

明程嘉燧山水 冊 擬古

山中 산중

王勃 왕발

長江悲已滯　　　장강비이체
萬里念將歸　　　만리념장귀
況屬高風晚　　　황촉고풍만
山山黃葉飛　　　산산황엽비

산속에서

왕발

장강은 슬프게도 이미 막히고
만 리 길 고향에 돌아갈 생각뿐.
더구나 저녁 바람 세차게 일어
산마다 노란 잎새 흩날리누나.

送杜少府之任蜀州 송두소부지임촉주

王勃 왕발

城闕輔三秦　　　성궐보삼진

風煙望五津　　　풍연망오진

與君離別意　　　여군리별의

同是宦遊人　　　동시환유인

海內存知己　　　해내존지기

天涯若比隣　　　천애약비린

無爲在岐路　　　무위재기로

兒女共沾巾　　　아녀공점건

촉주로 부임해가는 두소부를 보내며

왕발

장안 성궐은 삼진을 둘러싸고
바람과 안개 아득히 오진을 바라본다.
그대와 이별하는 이 마음 각별함은
나 또한 벼슬살이로 떠돌기 때문이라.
세상에 자기를 알아주는 친구만 있다면
하늘 끝에 있어도 이웃과 같으리니
헤어지는 이 갈림길에서
아녀자같이 눈물로 수건을 적시진 마세.

代悲白頭翁 대비백두옹

劉希夷 류희이

洛陽城東桃李花	락양성동도리화
飛來飛去落誰家	비래비거락수가
幽閨女兒惜顏色	유규여아석안색
坐見落花長歎息	좌견락화장탄식
今年花落顏色改	금년화락안색개
明年花開復誰在	명년화개부수재
已見松柏摧爲薪	이견송백최위신
更聞桑田變成海	갱문상전변성해
古人無復洛城東	고인무부락성동
今人還對落花風	금인환대락화풍
年年歲歲花相似	년년세세화상사
歲歲年年人不同	세세년년인부동
寄言全盛紅顏子	기언전성홍안자
應憐半死白頭翁	응련반사백두옹
此翁白頭眞可憐	차옹백두진가련
伊昔紅顏美少年	이석홍안미소년

백발을 슬퍼하는 노인을 대신하여

유희이

낙양성 동쪽 복사꽃 자두꽃은

이리저리 흩날리며 누구 집에 떨어지나.

규방의 아가씨는 얼굴빛을 아끼고

앉아서 지는 꽃 보며 길게 한숨짓는다.

올해도 꽃이 지면 얼굴빛이 변하리니

내년에 꽃이 피면 누가 다시 있으리.

소나무 잣나무가 장작 됨을 이미 봤고

뽕밭이 변하여서 바다 됨도 또 들었다.

옛날 사람 성 동쪽에 다시 없는데

지금 사람 꽃보라 속에 다시 서 있다.

해마다 꽃은 서로 비슷하지만

해마다 사람들은 같지 않구나.

들어라 한창 시절 젊은이들아

반은 죽은 백발노인 가엾어 해라.

이 늙은이 흰머리 정말 가련하지만

그 옛날엔 홍안의 미소년이었다.

公子王孫芳樹下　　공자왕손방수하

清歌妙舞落花前　　청가묘무락화전

光祿池臺開錦繡　　광록지대개금수

將軍樓閣畫神仙　　장군루각화신선

一朝臥病無相識　　일조와병무상식

三春行樂在誰邊　　삼춘행락재수변

宛轉娥眉能幾時　　완전아미능기시

須臾鶴髮亂如絲　　수유학발란여사

但看古來歌舞地　　단간고래가무지

唯有黃昏鳥雀悲　　유유황혼조작비

꽃다운 나무 아래 귀공자며 왕손이며
맑은 노래 멋진 춤을 꽃보라 속에 즐겼지.
고관들은 정자에서 비단수도 펼쳤고
장군들은 누각에서 신선그림 그렸지.
하루아침에 와병하니 찾아오는 사람 없고
석 달 봄날 행락은 누구한테 가버렸나.
흠결 없는 고운 눈썹 언제까지 고울지
이내 곧 흰머리가 실처럼 엉키리라.
예전부터 가무 즐기던 이곳을 보아하니
오로지 황혼 속에 새들만 슬피 운다.

清錢維城塞山雲海

咏柳 영류

賀知章 하지장

碧玉妝成一樹高　　　벽옥장성일수고
萬條垂下綠絲條　　　만조수하록사조
不知細葉誰裁出　　　부지세엽수재출
二月春風似剪刀　　　이월춘풍사전도

버드나무를 읊음

하지장

벽옥으로 꾸민 듯 나무 드높고
수만 갈래 초록 실 늘어뜨렸네.
자그만 그 잎새들 누가 말랐나.
2월 봄바람이 가위질을 하였나.

回鄕偶書 회향우서

賀知章 하지장

少小離家老大回	소소리가로대회
鄕音不改鬂毛衰	향음불개빈모쇠
兒童相見不相識	아동상견불상식
笑問客從何處來	소문객종하처래

고향에 돌아와 우연히 쓰다

하지장

어려서 집을 떠나 늙어서 돌아오니
사투리는 여전한데 귀밑머리 줄었네.
아이들 마주봐도 알아보지 못하고
웃으며 물어보네 어디서 온 손님인지.

望月懷遠 망월회원

張九齡 장구령

海上生明月	해상생명월
天涯共此時	천애공차시
情人怨遙夜	정인원요야
竟夕起相思	경석기상사
滅燭憐光滿	멸촉련광만
披衣覺露滋	피의각로자
不堪盈手贈	불감영수증
還寢夢佳期	환침몽가기

달을 바라보며 먼 데를 생각하다

장구령

바다 위에 밝은 달이 뜨니
하늘 끝에서 이 때를 함께한다.
정인들은 아득히 먼 밤을 원망하며
끝내 잠 못 든 채 서로 그린다.
촛불 끄고 가득한 달빛 아까워하다
옷 걸치고 맺히는 이슬도 느껴본다.
손에 받아 보낼 수도 없는 건지라
잠자리로 돌아와 고운 꿈 기약한다.

凉州詞 량주사

王翰 왕한

葡萄美酒夜光杯　　포도미주야광배
欲飮琵琶馬上催　　욕음비파마상최
醉臥沙場君莫笑　　취와사장군막소
古來征戰幾人回　　고래정전기인회

양주사

왕한

맛있는 포도주에 술잔은 야광배
마시려니 비파가 말 위에서 재촉하네.
취해 모래밭에 누웠다고 웃지 말게
예로부터 전쟁 나가 몇이나 돌아왔나.

登鸛雀楼 등관작루

王之渙 왕지환

白日依山盡	백일의산진
黃河入海流	황하입해류
欲窮千里目	욕궁천리목
更上一層樓	갱상일층루

관작루에 오르다

왕지환

하얀 해는 산에 기대 저물어 가고
누런 강은 바다로 흘러드는데
천 리 저 너머까지 다 보고 싶어서
한 층 더 누각을 올라가본다.

宋陳居中茄子圖

春曉 춘효

孟浩然 맹호연

春眠不覺曉	춘면불각효
處處聞啼鳥	처처문제조
夜來風雨聲	야래풍우성
花落知多少	화락지다소

봄 새벽

맹호연

봄잠에 취해 새벽인 줄 몰랐는데
여기저기 들리는 새 우는 소리.
밤새 비바람 소리 거셌는데
꽃은 또 꽤나 떨어졌겠네.

宿建德江 숙건덕강

孟浩然 맹호연

移舟泊烟渚	이주박연저
日暮客愁新	일모객수신
野曠天低樹	야광천저수
江清月近人	강청월근인

건덕강에서 묵으며

맹호연

안개 깔린 물가에 배를 옮겨다 대니
날은 저물어 나그네 시름 새삼스럽다.
들은 넓고 하늘은 나무에 닿을 듯 나지막하고
강은 맑고 달은 사람 손에 잡힐 듯 가깝다.

題霸池 제패지

王昌齡 왕창령

腰鎌欲何之　　요겸욕하지
東園刹秋韭　　동원찰추구
世事不復論　　세사불부론
悲歌和樵叟　　비가화초수

패지를 제목 삼아

왕창령

허리에 낫을 차고 어디로 가려는가
가을 부추 베러 동원으로 가네.
세상일 다시는 논하지 않으리
슬피 노래하며 답하는 나무꾼 노인.

采蓮曲 채련곡

王昌齡 왕창령

荷葉羅裙一色裁 　　하엽라군일색재

芙蓉向瞼兩邊開 　　부용향검량변개

亂入池中看不見 　　란입지중간불견

聞歌始覺有人來 　　문가시각유인래

연꽃 따는 노래

왕창령

연잎과 비단 치마 한 가지 색깔이고
연꽃과 고운 얼굴 양쪽으로 피었네.
연못에 섞여 들어가 봐도 잘 안 보이더니
노랫소리 듣고서야 사람 와있는 줄 알았네.

送別 송별

王維 왕유

山中相送罷　　산중상송파
日暮掩柴扉　　일모엄시비
春草明年綠　　춘초명년록
王孫歸不歸　　왕손귀불귀

송별

왕유

산중에서 서로 송별을 마치고
해가 저물어 사립문을 닫는다.
봄풀이야 내년에도 푸르겠지만
떠나간 그대는 돌아올지 어떨지.

神嶽瓊林圖
方從義

葛稚川移居圖
□ 王蒙

雜詩 잡시

王維 왕유

已見寒梅發　　　이견한매발
復聞啼鳥聲　　　부문제조성
愁心視春草　　　수심시춘초
畏向玉階生　　　외향옥계생

잡시

왕유

한매 꽃 핀 것은 이미 보았고
다시 들려오는 새 우는 소리.
수심에 차 봄풀을 보는 것은
옥계단 뒤덮을까 걱정돼서네.

欒家瀬 란가뢰

王維 왕유

颯颯秋雨中	삽삽추우중
淺淺石溜瀉	천천석류사
跳波自相濺	도파자상천
白鷺驚復下	백로경부하

난가의 여울

왕유

쇄쇄 제법 흩뿌리는 가을비 속에
찰찰 돌 사이로 급해지는 개울물.
튀는 물살 서로 부딪쳐 흩어지니
백로가 놀라서 날았다 다시 앉네.

竹里館 죽리관

王維 왕유

獨坐幽篁裏　　　독좌유황리

彈琴復長嘯　　　탄금부장소

深林人不知　　　심림인부지

明月來相照　　　명월래상조

죽리관

왕유

그윽한 대숲 속에 홀로 앉아서
금을 타다 다시 길게 휘파람 분다.
깊은 숲이라 사람들은 모르고
밝은 달이 찾아와 서로 비춘다.

鹿柴 록채

王維 왕유

空山不見人   공산불견인
但聞人語響   단문인어향
返景入深林   반경입심림
復照青苔上   부조청태상

사슴 우리

왕유

텅 빈 산에 사람은 보이지 않고
그저 사람의 말소리만 들려오는데
반사된 석양빛이 깊은 숲에 들어와
다시 푸른 이끼 위를 비추어준다.

臣謹按羅浮山隸廣東博羅縣距縣治
五十里羅山浮山合而為一高三千六
百丈周五百二十里為峯四百三十有
二其中林壑周環寺觀羅列古梅陳秀
仙蝶紛飛居洞天之第七為福地之三
十一祈晴禱雨有求輒應洵足為
聖朝彰效順之靈跡著豐樂之庥徵不僅珠
海之奥區仙真之別館已也
臣董教增恭繪並誌

淸凉山霽後雜山圖

田園樂 전원락

王維 왕유

桃紅復含宿雨	도홍부함숙우
柳綠更帶朝煙	류록갱대조연
花落家童未掃	화락가동미소
鶯啼山客猶眠	앵제산객유면

전원의 즐거움

왕유

복숭아꽃 다시 밤비 머금어 붉고
버들은 푸르러 안개를 다시 띠네.
떨어진 꽃잎 아이는 아직 아니 쓸고
꾀꼬리 우는데 손은 아직 자고 있네.

작자 연대

先秦 선진	『詩経』, 屈原BC343[楚] 시경　굴원　　　　　초
秦 진	劉邦BC256/247, 項羽BC232, 虞美人 류방　　　　　항우　　우미인 BC233경, 無名氏BC??? 무명씨
漢 한	東方朔BC154, 李陵BC134경, 李延年 동방삭　　　리릉　　　리연년 BC1??, 「楽府」, 無名氏BC??? 악부　무명씨
魏吳蜀三国 위오촉삼국	曹操155, 劉備161, 王粲177, 諸葛亮 조조　　류비　　왕찬　　제갈량 181, 曹丕187, 曹植192 조비　　조식
魏晋南北朝 위진남북조	司馬彪2??, 潘岳247?, 阮籍210[魏], 사마표　　반악　　완적　　위 陶淵明365[東晋/宋], 謝靈運385[東 도연명　　동진　송　사령운　　동 晋/宋], 鮑照414[宋/齊], 蕭衍 진　송　포조　　송　제　소연 464[梁], 謝朓464[齊], 吳均469, 王 량　사조　　제　오균　　왕 錫499, 陰鏗510, 「民歌」 석　음갱　민가
隋 수	薛道衡540, 無名氏??? 설도형　무명씨

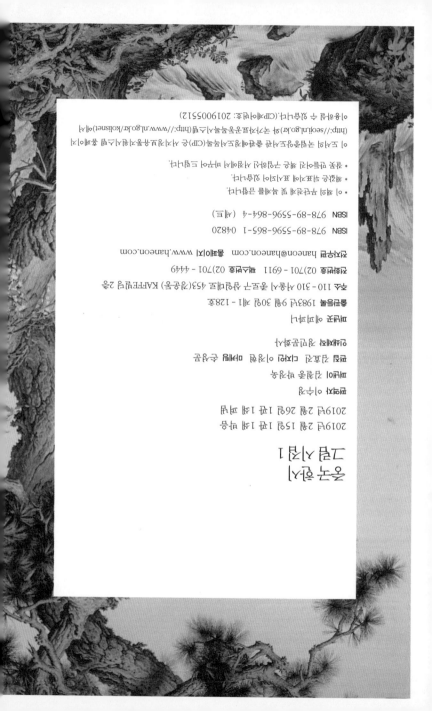

중국 화조시
그림시집 1

2019년 2월 15일 1판 1쇄 박음
2019년 2월 26일 1판 1쇄 펴냄

엮은이 이수정
펴낸이 박창종

편집 김철진 디자인 이강철 마케팅 손상문
인쇄제작 정민문화사

펴낸곳 미피파니
출판등록 1983년 9월 30일 제1-128호
주소 110-310 서울시 종로구 창의문로 453(청운동) KAFFE빌딩 2층
전화번호 02/701-6911 팩스번호 02/701-4449
전자우편 haneon@haneon.com 홈페이지 www.haneon.com

ISBN 978-89-5596-865-1 04820

ISBN 978-89-5596-864-4 (세트)

이 도서의 국립중앙도서관 출판예정도서목록(CIP)은 서지정보유통지원시스템 홈페이지
(http://seoji.nl.go.kr)와 국가자료공동목록시스템(http://www.nl.go.kr/kolisnet)에서
이용하실 수 있습니다.(CIP제어번호: 2019005512)